神様の子守はじめました。17

霜月りつ

この作品はフィクションです。
実在の人物・団体・事件などに
一切関係ありません。

神様の子守はじめました。17

目次

第一話◆神子たち、春の野原に遊ぶ　5
第二話◆白花と金の指輪　61
第三話◆玄輝とたんぽぽ枕　97
第四話◆蒼矢と翡翠のご近所探偵物語　119
第五話◆朱陽と帰りたいおうち　173
第六話◆神子たち、ダンジョンへもぐる　195
第七話◆花見で乾杯！　247

第一話

神子たち、春の野原に遊ぶ

序

「あじゅさ、あちゅいー」

「あっちーよー」

朱陽《あけび》がトレーナーのおなかをめくってパタパタしている。蒼矢《そうや》は帽子をとって大人のように顔を扇いでいた。

四月も午前一〇時を過ぎれば日差しが強く、日向《ひなた》にいると汗ばむほどだった。公園に遊びに来て一時間もしないうちに、子供たちからそんな声があがりだす。

「わかったわかった。みんな上着脱いでいいよ」

ついこの間までは朝晩冷え込みもあった。そのためパーカーを着せておいたのだが、もう必要ないらしい。

梓《あずさ》は四人分のパーカーを預かり、トレーナーの袖を肘までくるりとめくってやった。

「どう？　これで平気？」

「うん、あちゅくない」

朱陽はぐるぐると腕を回して素肌に風を当てている。

「らくになったー」

蒼矢もその場でぴょんぴょんと弾む。

「白花《しらはな》はどう？　パーカー着てる？」

朱陽や蒼矢と違って汗をかいていない白花だったが、ふるふるとおかっぱを揺らした。顔に出してなくても暑かったようだ。

「玄輝《げんき》？」

玄輝は梓の腕からパーカーを取ると、それをベンチに置き、形を整えてから頭を乗せた。パーカーを枕に昼寝をするらしい。

「もうすっかり春やなあ」

一緒に来てくれていた紅玉《こうぎょく》が額に手をかざして青空を見上げる。

「初夏くらいの陽気やな。二六度はあるで」

「年々暑くなりますよね。夏が思いやられる」

「去年は暑かったみたいやしね」

火の神の眷属《けんぞく》である紅玉は熱さには鈍感《どんかん》だ。梅雨《つゆ》と冬には元気がなくなるが、これからの時期は力が上昇してゆく。

「子供たちも身軽になったし、どこか近場にピクニックにでも行こか」

紅玉が言うと、その背後からぬっと顔を出したものがいる。水の精の翡翠《ひすい》だ。

「ピクニックなら私に考えがある」

翡翠はキラリと眼鏡のレンズを光らせた。紅玉がスタジャンにチノパンという軽やかな格好なのに対し、翡翠はいつでも寒色系のスーツ姿だ。

去年はあまりの暑さに翡翠を形作っている水が蒸発し、ぺらぺらになって倒れたことがある。スーツを脱いではどうかと言ったこともあるが、スーツも眼鏡も翡翠の体の一部らしく、取り外しができないものらしい。

ちなみにスーツ以外だといきなり海水パンツ一丁になったり女体《にょたい》になったりするので、心臓に悪い。

「考えって、なんですか？」

梓は玄輝の隣に座って、公園を走り回る朱陽と蒼矢に目を向けながら用心深く言った。

白花はいつものように砂場にいる。

「車を借りるので荒川《あらかわ》に行こう」

「荒川……ですか」

翡翠は車の免許を持っている。普通乗用車だけでなく大型特殊車両免許を取得し、車両系建設機械運転技能講習まで受けている。

その理由は、大怪獣が現れたら特殊建機プッツマイスターM38コンクリートポンプ車を使って口の中に凍結溶剤を注ぐためだと言う。特殊車両免許は特撮ファンの必須資格だと公言してはばからない。

「川沿いに広い芝生の公園がある。遊具などはないが、広々とした草野原で駆け回るのもいいだろう」

「ああ、それええかもね。サンドイッチやおにぎり持って」

紅玉はにこにこと賛成する。

「そうですね……」

頭の中に広い草原が浮かぶ。そこを子供たちが走り回る……。想像の中の子供たちはみんな笑顔だった。自然に梓の頬も緩んでくる。

「じゃあ明日どうですか？　翡翠さん、天気はわかります？」

「ああ、明日、というかここしばらくは雨は降らない」

水を司《つかさど》る翡翠がそういうなら大丈夫だろう。思い立ってすぐに動けるのは無職の強みだ。あ、いや、子供たちの世話はお給料の発生する仕事ではあるのだが。

「じゃあ、明日早起きしてサンドイッチ作ろう……チーズにレタス、卵焼きと……あ、胡瓜《きゅうり》がなかった。エビも買おうかな」

梓は脳裏に具だくさんなサンドイッチのイメージを浮かべた。ピクニックに持って行くと考えると楽しくなる。

子供たちの仮親《かりおや》になって一年、レシピのレパートリーも増え、冷蔵庫の中のもので作れるもの、足りないものなどすぐに思い描けるようになった。

「翡翠さん。俺は帰りにスーパー寄るんで、先に子供たちを家に連れて帰ってもらっていいですか？」

「うむ、まかせろ」

翡翠は答えると朱陽に呼ばれてジャングルジムの方へ歩いて行った。紅玉も白花の砂場へ向かう。

梓は丸くなっている玄輝の頬を撫でながら、明日のピクニックへ思いをはせた。

一

翌日はよく晴れた。青空の中にポカンポカンと白い雲が浮かぶピクニック日和《びより》。梓は子供たちにおそろいの長袖トレーナーに半ズボンを履かせた。

最近はジェンダーレスとかで男女の区別なく履けるキュロットタイプのパンツも増えている。急いでいるときなどはどれを履かせてもいいので助かっていた。ただ子供たちの中でも蒼矢と白花はこだわりが強く、必ず自分の服を主張する。玄輝はこだわりがなさすぎて、パジャマで外へ出ようとするのが困る。

日差しがあるので帽子をかぶせる。帽子については朱陽や玄輝は嫌がらないが、白花はあまりかぶりたがらない。脱いだとき髪がくしゃくしゃになるのが嫌らしい。蒼矢は帽子に関しては頓着《とんちゃく》しないが、すぐに頭から飛ばして失くしてしまうことが多かった。

翡翠がいつものバンを家の前につけてくれる。同じ車をしょっちゅうレンタルしているので、最近購入も検討しているらしい。

「思いとどまらせて、梓ちゃん」

いつだったか紅玉にこっそりと耳打ちされた。

「マイカーを持ったらどんなイタ車に改造されてしまうか。考えただけで怖いわ」

かわいい女の子のイラスト仕様にはならないと思うが、全面怪獣の絵で飾られてしまうかもしれない……。

「きょうはどこいくのー!?」

蒼矢が運転席のヘッドレストにしがみついて身を乗り出す。

「今日は荒川だ」

「あ　ら　か　わー?」

翡翠の答えに蒼矢と朱陽が一緒に声をあげる。

り走れるぞ」

「東京の東を流れている川だ。すぐそばには隅田川《すみだがわ》もある。大きな原っぱがあって思い切り走れるぞ」

「おー、とんでいいのー？」

蒼矢がヘッドレストをガクガクと揺すった。

「誰もいなかったらいいぞ」

「翡翠さん、気軽に言わないでください」

梓は座席に立ち上がっている蒼矢を背後から抱き取って、膝の上に載せた。

「しかし、羽鳥《はのとり》梓。たまには羽を伸ばさせてやらないと子供たちもかわいそうだ。鳥に飛ぶなと言えるか？　竜に飛ぶなと言うのも酷《こく》だ」

「それはそうですけど……」

梓はバックミラーの翡翠と目をあわせた。

「あーちゃんもとびたいー」

「……誰もいなかったらね」

梓はしぶしぶ答えた。きゃーっと子供たちは歓声をあげる。

車は順調に進み、ビルの林の中から覗いていた空の面積が、だんだん大きくなってきた。

「おっきなはしだー」

やがて越えた一本目の橋は隅田川の橋。そのあとしばらく川に沿って走り、車はするっと土手《どて》の上に出た。

「おーっ！　でっかいかわー」

子供たちはシートベルトを目いっぱい伸ばして窓に張り付き外を見た。

なだらかなスロープを降りて駐車場へ車を入れる。アスファルトにただ線が引いてあるだけの駐車場で、料金所もない。

子供たちは目の前に広がる緑の草原に目を輝かせた。

河原と言えば砂利で埋まったものを想像していた梓も驚くほど広い。それが全面芝生で覆われていて、また芝だけでなくシロツメクサやたんぽぽ、カタバミ、オオイヌノフグリ、レンゲなど、いろいろな春の花が顔を出している。

川岸から車の通る道路までおよそ一三〇メートルの幅のある河川敷《かせんじき》。一一ヘクタールというと想像しにくいが、サッカーフィールドがみっつもよっつも入りそうだ。

「いっぱいはっぱのにおいするー！」

木性《もくしょう》である蒼矢は大興奮だ。早く車から降りたくてシートベルトをカチャカチャ揺する。

「待って待って、今外すから」

梓が蒼矢のシートベルトを外すと、さっと自動車のドアを開けて飛び降りてしまった。

「蒼矢、待って！」

「梓ちゃん、僕がいく」

焦る梓に声をかけると、紅玉は小さく火花を散らして一瞬で蒼矢を捕まえた。

「やーっ！　こーちゃんはなしてー！」

蒼矢は紅玉の腕の中でじたばたと足を動かして抵抗する。

「だめだめ、みんな降りるまで待って」

朱陽と白花もシートベルトを外すとすぐに車から降りて駆けだした。玄輝だけはドライブの途中で寝てしまい、今も熟睡中なので梓がだっこする。

ようやく紅玉に抱えられた蒼矢まで追いつくと、梓は草原の端辺りに木が固まって生えている場所を指さした。ベンチもいくつか置いてある。

「あそこを基地にするよ、蒼矢。お弁当食べたりジュース飲んだりする場所。あそこまで走っていいよ」

「おーー！」

「朱陽と一緒に走って。二人で競争だよ。よーいどん！」

まるで放たれた鳥のように、二人は一緒に走り出した。そのあとをチノパンのポケットに手を入れたまま、紅玉が草の上を滑るようにして追いかける。

「白花は走らなくていいの？」

玄輝を抱いた梓の手を握っている白花は、にっこりしてうなずいた。

「いーの、はっぱのうえ、……きもちいい」

「おーい」

車を止め直していた翡翠が追いついた。

「白花、さあ、私と一緒に！」

「あじゅさと……いっちょにいく」

そっけなく断られて翡翠は膝をつきそうになったが、ぐっと耐えて頭をあげる。

「そ、そうか。では玄輝を私が抱こう、羽鳥梓」

「お願いします」

眠ったままの玄輝を翡翠の胸に渡す。両手で抱えた翡翠はその重さを確かめるように軽く揺すった。

「毎日少しずつ重くなるようだ」

「そうですね」

「昨日より一〇……いや、八グラムほど重くなったかな？」

「こまかっ！」

朱陽と蒼矢はもう木々の生えた場所まで到達し、今度は梓をゴールにしたのかこちらに向かって走ってきた。いったいあの小さな体にどれだけのエネルギーが詰まっているのか、二人とも全力疾走だ。

「あじゅさっ！　ごーる！」

「ごーる！」

どん！　と全身でぶつかられ、耐えきれずひっくり返る。二人はぎゃははと笑って梓の胸の上に乗り上げた。

「あじゅさ、よわーい！」

「いっぱいはしった！」

「そう、よかったねえ」

仰向けになった頭の後ろが短い緑の草でちくちくする。陽に照らされているのにひんやりして気持ちがいい。

青空に鳥の群れが飛んでいくのが見えた。

「あー、いい気持ちだ」

大人になってからは地面に寝転ぶなんてめったにできない。大の字になった梓を真似て、朱陽も蒼矢も白花も地面に寝転んだ。

「あじゅさ、いーきもち？」

「うん、いい気持ち」

「いーきもち、もちもち！」

「もちもちもち……！」

子供たちはケタケタ笑った。どんなことでも楽しいのだ。

朱陽と蒼矢は草の上でごろごろと転がり出した。今日は汚しても怒られないと、あっという間に見抜いたらしい。

梓は身を起こすと白花を連れて木々の間のベンチに腰を下ろした。ショルダーバッグの中から水筒とお弁当を包んだ風呂敷《ふろしき》を取り出す。

「あじゅさ、ごはん？」

「まだ少し早いかな。白花もみんなと遊んでおいで」

「うん……おはな、つんでいい？」

「いいよ」

白花はベンチから降りるとたたたと走って立ち止まり、梓を振り返った。手を振ってやると安心したようにまた走り出し、シロツメクサの集まっている場所へ向かう。

朱陽と蒼矢が走って戻ってきた。

「あじゅさ、とんでいい？」

「だれもいないよ！　ねえ、とんでいい？」

「うーん、そうだねえ」

梓は周りを見回した。平日の昼間なので人気はない。車も土手の下を走っているらしく姿が見えなかった。

「じゃあいいよ。飛びあがったらすぐに上の方へ行ってね」

「だーいじょうぶ！」

二人は叫ぶとその場で前転し、朱雀と青龍の姿になる。そのまま勢いよく真上に飛び上がった。

「翡翠さん、お願いします」

梓が呼ぶと翡翠は「任せておけ」と言って、すぐに細かな水滴となって飛び上がった。

空の上はこれで大丈夫。地上にはちまちまとシロツメクサを摘んでいる白花とベンチで眠りこけている玄輝だけになり、梓は大きく深呼吸した。緑を含んだ空気がおいしい。

「お疲れ、梓ちゃん」

隣に紅玉が腰を下ろす。

「車でちょっと走っただけでこんなに広くてのんびりした場所があるんですね」

梓は野原を見回して言った。

「川に沿ってマンションがたくさん建ってましたが……ここはあまり人もいなくて」

「そやね。このへんは公園もたくさんあって、子育てにはいいやろね」

眠っていた玄輝がもぞもぞと身動きし、目をあけた。あーんと大きくあくびをする。

「玄輝、起きた？」

玄輝は手のひらで顔をこすると梓を見上げる。

「蒼矢と朱陽はお空の上に行ったよ。玄輝も飛ぶ？」

聞いてみたが玄輝はゆっくり首を横に振った。ベンチから片足ずつ降りると、花を摘んでいる白花のところにいく。

白花はシロツメクサの首飾りに挑戦しているようだ。すでに三十センチほどの長さになっていた。玄輝は白花が草を編むのを見ながら真似《まね》し始める。

「あの二人はほんまに手がかからんなあ」

「そうですね。基本慎重だし、おっとりしてますし」

「その分あーちゃんとそーちゃんが……お？」

紅玉が耳を押さえた。

「あかん、言ったそばから。二人が喧嘩《けんか》始めたと翡翠からSOSや。ちょっと行ってくる」

紅玉は梓の返事を待たず、ぽんっと小さな炎を残して姿を消した。

梓は見えない空を仰ぐ。雲の上で朱雀と青龍が喧嘩かあ、と非現実的な想像をする。

「まさか世の中の人は知らないよなあ……」

青空の中にぽつんと一つの点を見つけた。と思う間もなくそれはみるみるうちに大きくなって、真っ赤な炎の鳥と青くくねる龍の姿になる。

どん！　と二体の神獣《しんじゅう》は絡まったまま梓の目の前に落ちてきた。

「朱陽！　蒼矢！」

梓が立ち上がると朱雀と青龍はぱっと人間の子供の姿に戻った。

「あじゅさー！　そーちゃんが！」

「あじゅさ！　あえびがーっ！」

二人は我先にと梓に駆けより、互いに相手の非を訴えようとする。

「そーちゃんのばかばかばか！」

「ばかってゆーほーがばかなんですうーっ！」

「そーちゃんがさきにゆったじゃん！」

「あえびだもん！」

梓にしがみつく二人を紅玉と翡翠が引き剥がす。

「二人とも、いい加減にせんか」

「喧嘩してる子はお弁当なしだよ」

「やだーっ！」

紅玉の言葉に二人が同時に叫び返す。そこへ白花と玄輝がぽてぽてと歩いてきた。

「あーちゃん……はい」

「そーや、これ、あげる」

二人は手にしていたシロツメクサの首飾りを朱陽と蒼矢の首にかけた。何本ものシロツメクサを集めたそれは、見た目よりもずしりと重い。

「おー……」

朱陽と蒼矢は首にかかったそれを両手で支えた。草の香が強く立ちのぼる。

「いいの？　しーちゃん」

朱陽の興味はあっという間に花の首飾りに移ってしまった。

「すげえ、これげんちゃん、ちゅくったの？」

蒼矢の怒りも急激に収まり、シロツメクサの首飾りを外したりかけたりしている。

「つくりかた……おしえたげる」

白花は朱陽の手をとってシロツメクサが密集しているところに連れていった。玄輝も蒼矢の手を引いて、別な場所に連れて行く。

梓も翡翠も紅玉もほっとして子供たちを見送った。

「いや、見事なものだ」

「そうですね……助かります」

白花と笑い合っている朱陽、玄輝と内緒話をしている蒼矢。きっともう互いの喧嘩の原因も忘れているだろう。

「コーヒーでもいかがですか？」

梓は水精《すいせい》と火精《かせい》に声をかけ、水筒を持ち上げた。

「いただこうか」

緑の野原にコーヒーの香りが広がる。ピクニックは始まったばかりだ。

二

子供たちが自分たちの分と、大人たち三人の分の首飾りを作りあげたあと、お弁当を広げることにした。

梓は三段のお重の中にぎっしりとサンドイッチをつめてきていた。四角いキューブ型のものからロールにしたもの、クロワッサンにハムとチーズをはさんだもの。タッパーの中には果物とサラダとコロッケにソーセージ。唐揚げも忘れない。

「梓ちゃんはこの一年でほんまに料理上手になったなあ」

紅玉がコロッケを宝物を戴《いただ》くように捧げ持って感心した。

「なにごとも習《なら》うより慣れろですよ」

自分で揚げた唐揚げを食べ、梓はその味に満足する。

「学生時代はずっとコンビニ弁当とファストフードだったことが悔やまれます。一人暮らしだったんだから手間でもないのに」

「まあ必要に迫られないとやんないよねえ」

紅玉はコロッケをサクリといい音をさせて食べる。コーンコロッケとカレーコロッケの二種類だ。

「子供の時の食事は一生の味覚を左右するのだから上手になってもらわんと困る」

翡翠もサンドイッチを食べ、うん、とうなずいた。

「まあ合格レベルだな」

「どこから目線ですか」

梓はぷっと頬をふくらませる。思い出してみても翡翠に手放しでほめられたことはない。

「あうさ、おいひいお！」

梓の不満を感じ取ったのか、蒼矢がサンドイッチを口いっぱいにほおばりながら叫んだ。

「あーちゃんもおっきくなったらあじゅさにごあん、ちゅくってあげるかんね！」

朱陽も応援してくれる。白花も両手にメンチカツサンドとコロッケサンドを持ちながら囁いた。

「しらぁな……あじゅさのごはん、だいしゅき」

「――うん」

子供たちから大絶賛。梓は四人の顔を見回した。

最初は翡翠の浄化した水だけ、それから白米。じょじょに食べるものを増やして、今はもう大人と同じものを食べている。

なんでも食べるけど好きなものはそれぞれはっきりしてきた。

朱陽は粉物《こなもの》が大好き。蒼矢は魚が好き。白花はお肉、玄輝は野菜、とくに芋《いも》やカボチャが好き。焼き芋などは一人で一本まるまる食べる。今もポテトサラダをはさんだサンドイッチをもくもくと食べていた。

（子供って面白い）

梓の頬が自然と緩む。毎日新しい発見があるかと思えば、重ねた日々で気づかされることもある。

「あじゅさ！」

朱陽の鋭い声に梓ははっと我に返った。子供たちがみんな立ち上がって一方を見ている。そちらに顔をむけると、いつの間に来たのか、一匹の犬が座っていた。首輪にリードもついている。

茶色の毛に立ち耳、巻いた尾。賢そうで愛嬌《あいきよう》もある、しかしどこか寂しげな瞳。犬の知識がない梓にもわかる。柴犬《しばいぬ》だ。

「わんちゃん！」

飛び出そうとする朱陽を梓ははっしと捕まえた。

「だめだよ、朱陽！　犬がびっくりする」

「えー……」

襟首を捕まえられて、朱陽はその場で足踏みした。

「どこから来たのだ?」

翡翠も立ち上がり辺りを見回した。

「リードを引きずってるゆうことは……どっかから逃げてきたのか?」

周囲には犬に逃げられて困っていそうな飼い主はいない。

「あじゅさ……わんちゃん、ごはんあげていい?」

白花がサンドイッチを持った手をあげた。子供用なのでマスタードなどは使っていない。ハムとチーズとリンゴをはさんだものだ。

「犬に人の食べ物はいけないって聞いたけど……」

見ると犬は口からだらだらとよだれをこぼし始めている。体も痩せて毛並みもみすぼらしい。

「おなか、すいてる」

珍しく玄輝もそう言った。人の食べるハムやチーズは塩が入っているので犬の体にはよくない。厳密に言えばパンにも塩は使われているのだが。

梓は白花の手からサンドイッチをとり、ハムとチーズを抜いてパンだけをそっと地面に放った。

犬は軽く匂いを嗅ぐと、大きな口でぱくりとくわえ、あっという間に飲み込んでしまう。

「わっ」と子供たちが歓声をあげた。

「あじゅさ、これもこれも！」

「これもあげて！」

いっせいにサンドイッチを掴みあげる。犬でも猫でも鳥でも、与えたものを食べてくれるのは嬉しいのだ。

「ちょ、ちょっと待って」

梓はパンを手の上に乗せると柴犬に近づいた。犬はじっと茶色の目で梓を見上げる。

「いい子だね……」

顔の前にパンを乗せた手を出すと、柴犬は歯を立てることもなく、上手にパンだけを食べる。梓は首から伸びたリードを掴んだ。泥だらけでずいぶんと長い間引きずられていたことがわかる。

「あじゅさ、わんちゃん、さわっていい？」

朱陽がそろそろと近づいてきた。

「うん、大丈夫かな」

柴犬は落ち着いていた。尻尾がぱたりぱたりと大きく振られる。

「わあ……」

朱陽は犬を驚かさないように背中から触り、そろそろと手を滑らせて首から頭へと撫でた。小さな頭を撫でると、柴犬は目を閉じて笑っているような顔になる。

「いいこ、ねえ」

朱陽の手がふかっと柴犬の毛並みの中に埋まる。見た目よりも柔らかそうだ。

蒼矢と白花も柴犬に近づき、その体に触れた。犬はじっとしているが尻尾はパタパタとせわしなく振られた。

玄輝はパンを持ってきて柴犬の鼻先に近づける。犬は首を伸ばしてそれを上手に食べた。

「ふふ……」

玄輝が小さく笑い、犬の顔を撫でる。子供たちはすっかりこの柴犬が好きになってしまったようだ。

「あじゅさ、わんちゃんおうちにつれてこーよ！」

朱陽が振り向いて叫ぶ。

「あーちゃんのいもーとにしゅる！」

「ばっかだなあ、あえび。いもーとなんてできないよ」

蒼矢が呆れたように言った。

「なんで！」

「こいつおとこのこだもん」

「えー？」

朱陽はしゃがんで犬の腹の下を見た。たしかにおちんちんがついている。

「じゃあ、おとーとにしゅる！」

確認したとたん、朱陽は間髪入れずに叫んだ。

「あえびはしゅざくじゃん！　とりのおとーとがいぬなんてなれないね！」

蒼矢が理屈《りくつ》をこねちらかす。

「へんでもいいもん、おとーとだもん！」

「だめ、こいつはおれのぶかにすんの！　は、い、か、い、ち、ご、う！」

おや、別なカテゴリが出てきたぞ、と梓は蒼矢を見た。部下とか配下とか、特撮番組で学んだのだろう。

「ぶかってなに！　はいかってなに！　わるいことさせないで！」

朱陽が蒼矢を睨みつけて言った。

「しねーよ、めいれいしてわるいやつをつかまえるんだ」

そこに白花がまた話題を沸騰させるようなことを言い出す。

「しらぁな、しってる……それ、けーさつけんっていうの。たかしちゃんのドラマでやってた」

「そうそれ！」

勝手なことを言い合っている子供たちに、梓は静かに非情な一言を告げた。

「だめだよ」

そのとたん、子供たちが非難と不満の声をあげる。

「えええええ――――――！」

「羽鳥梓！　貴様は子供たちになんという絶望と悲しみを……！」

怒鳴ろうとした翡翠の口の中に、紅玉がサンドイッチを押し込んだ。

梓は腰に両手を当て、身を曲げて子供たちに顔を近づけた。

「この犬は迷子《まいご》なの。迷子はおうちに帰りたいでしょ？　わんちゃんのパパとママが待ってるよ」

「えー……」

今度の声は弱々しくなった。

「まいごのわんちゃん……どうすんの？」

「交番に連れて行くよ。きっと家族が探している」

「おまわりさんとこかあ……」

子供たちは犬を取り囲み、小さな手で体を撫でる。迷子がかわいそうなことくらい彼らにもわかるのだ。

「じゃあさ、じゃあさ」

蒼矢が懸命に打開策を提示した。

「おまわりさんとこいくまで、あそんでいーい？」

子供たちが一斉に梓を見つめる。八つの瞳が精一杯の希望と祈りを込めて見上げてくる。

「それは……」

「もちろんいいぞ！」

答えたのは翡翠だ。どのあたりが彼の琴線《きんせん》に触れたのか、眼鏡の奥の目はもう決壊《けっかい》寸前に潤んでいる。サンドイッチは無理矢理飲み込んだようだ。

「翡翠さん……」

「子供たちがこれほど願っているのだ！　その願いを聞かないとは、お前には人の心がないのか！　きさまの血は何色だぁ！」

隙あらば漫画や特撮のワードをぶち込んでくる。まあ梓としても犬は飼えないと子供たちを悲しませたばかりで心が痛む。

「あじゅさ……」

決定権が梓にあると知っている子供たちは、なおも目で訴えかけてくる。

「……わかったよ。でも帰りにはちゃんと警察に行くんだからね」

梓の言葉に子供たちは「わーっ！」と勝利の雄叫びをあげた。

「あしょぼー！　あしょぼー！」

誰がリードを持つかでさっそくじゃんけんを始める。やれやれと落とした梓の肩をぽんと叩くのは紅玉だ。

「とりあえずドッグフードを買ってきたわ」

「あ、ありがとうございます」

一瞬姿が見えなくなったのはそのためだったのか。さすが気配りの紅玉。

梓は紅玉からフードの小袋をうけとり、それをザラザラとビニールシートの上に出した。

柴犬はすぐにそこに顔をつっこみ食べ始める。

「よかった。やっぱりパンだと不安だったんです」

「そこに水飲み場があるから水もな」

「はい」

フードを食べ、水を飲むと柴犬の尻尾はますます高くあがった。顔も心なしかきりっとしてくる。

「よし、遊んできていいよ。でもリードは離さないようにね」

「あいあーい!」

子供たちと柴犬は緑の野原に飛び出した。そのあとを翡翠が追う。

今回は珍しく玄輝も走っていたが、よく見るとちょっと浮いている。

白花は足の速い朱陽や蒼矢に追いつこうとくるりと回って白虎《びゃっこ》になった。遠目には白い犬に見える。いや、しましまの犬って言い訳できないかな……。

「楽しそうやなあ」

紅玉はちらりと梓を見た。目線になにか言いたげなものを感じ梓は視線をそらす。

「犬、飼ってやればええのに」

「それは……」

「もう一年経って子供たちにも慣れたやろ？　犬の一匹くらい平気やない？」

「いや、まだ自信がありません」

犬とはいえ、命を預かるのだから安易に答えられない。それに犬の寿命は人より短い。子供たちがあと何年自分のもとにいるのかわからないが、犬が死んでしまったらその哀しみをどう癒せばいいのか……。

「とりあえず迷子なんだから飼い主のもとに戻さないと……あとでナビで交番を調べてください」

「あ、それなんやけど」

紅玉が人差し指を立てた。

「犬が逃げ出したといってもそんなに離れた場所やないと思うんよ。子供たちもあれだけ懐いているし、僕たちで飼い主のもとに返してやらない？」

「え？　でもどうやって？」

「あの子自身に聞くのさ」

紅玉はぴしっと柴犬を指さした。

「紅玉さん、犬の言葉わかるんですか?」

そんなスペック初耳だと思ったが、紅玉は笑って首を横に振った。

「いや、僕はわからん。だから通訳を雇う」

「通訳?」

紅玉は今度は親指で空を示す。

「タカマガハラにいる犬の神様を呼んだよ」

「犬の、神様?」

ひやりと手の甲に冷たいものが押しつけられた。わっと驚いて下を見ると、大きなたくましい白い犬が立っている。冷たいものは彼の鼻だったようだ。

「こ、この子が?」

梓の腰のあたりにまで頭が届く大きな犬だ。大きめの立ち耳で、紀州犬のようにすらりと首と足が長く、引き締まった体躯をしている。尾は巻いておらず、ふっさりと長い。犬は舌を出して大きな口で笑った。理知的な黒い瞳がまっすぐに梓を見つめ、ぺこりと頭をさげる。

「そう。彼の名前はしっぺい太郎。その昔、怪物を退治して村を救った英雄神や」

三

——今月今夜のこのことを、しっぺい太郎に知らせるな——

駿河《するが》の国磐田《いわた》の郷のものは悲しんでいた。

今年も村の家の屋根に白羽の矢が立ったからだ。

毎年、白羽の矢が立った家は、自分たちの娘を生け贄《にえ》として捧げなければならない。

悲しみに暮れる村人たちが娘を白木の柩《ひつぎ》にいれ、見付天神《みつけてんじん》と呼ばれる矢奈比売《やなひめ》神社に運んでいるとき、通りかかった雲水《うんすい》（旅の僧《そう》）が訳を聞いた。

村人たちから話を聞いた雲水は放っておけぬと神社の茂みに隠れ、娘の入った柩を見守った。

すると真夜中、月が雲に隠れたとき、得体の知れぬ大きな化け物が何匹もやってきた。

化け物は柩を担《かつ》ぎ上げ、神社の境内《けいだい》を踊り回った。

雲水は娘を助けたかったが、化け物たちに恐れおののき隠れているしかなかった。

化け物たちは踊りながら歌を歌った。それは奇妙な歌だった。

「今月今夜のこのことを、しっぺい太郎に知らせるな。信濃《しなの》の国の光前寺《こうぜんじ》、しっぺい太郎に知らせるな」

そして化け物たちは娘をそのまま連れ去って消えてしまった。

翌朝、雲水は自分のふがいなさを嘆《なげ》き、必ず化け物たちを退治しようと誓った。それにはあの歌に歌われた「しっぺい太郎」を捜すべきだ。やつらはしっぺい太郎という人物を恐れている。太郎がきっとあの化け物たちを退治してくれるはずだ。

雲水は村人たちに必ずしっぺい太郎を連れて戻ると約束し、信濃の国に旅立った。

そしてようやく光前寺に辿りついたが、そこにはしっぺい太郎という人間はいなかった。いたのは寺の僧侶が飼っている犬だけだった。

この犬は、数年前おなかの大きな母犬が住み着いて産んだ仔犬の一匹だった。他の兄弟や母親はどこかへ消えてしまったが、この犬だけは寺に残ったのだった。

僧侶は犬にしっぺい太郎と名前をつけ、かわいがっていた。

雲水は光前寺の僧侶に訳《わけ》を話し、しっぺい太郎を貸してくれるように頼んだ。光前寺の僧侶もその縁を不思議に思い、快く太郎を送り出した。

やがて雲水が磐田の郷に戻ったとき、去年と同じように白羽の矢が娘を選んだと聞かされた。

雲水は太郎を白木の柩に入れ、矢奈比売神社に運んだ。
やがて真夜中――化け物たちがやってきた。

「それで、どうなったの！」

「たろーはどうしたの！」

「ばけものは……」

「！　！」

太郎の周りに集まっていた子供たちは、紅玉に話の続きをねだった。紅玉は太郎の頭を撫でながら、子供たちを見回した。

柴犬も一緒に座っている。犬の神様だとわかるのか、吠えもせず神妙に頭を垂れていた。

「夜中、化け物たちがやってきたとき、太郎は柩から飛び出して、化け物たちに襲いかかったんや。化け物たちは次々に太郎の牙に倒されていったけど、奴らも鋭い爪や牙で太郎を迎え打った。そして翌朝、神社の境内に立っていたのは太郎ただ一匹。白い毛皮が自分の血と相手の血で真っ赤に染まっとった。地面に倒れていた化け物たちに朝日が当たると、そこにいたのは巨大な狒々《ひひ》の群れやった……」

「ひひってなにっ？」

「ひひ！　ひひ！」

「ひひ……しらない……」

紅玉は子供たちにうなずいてみせた。

「狒々は昔の言葉で猿という意味やね。大きな恐ろしい猿。人を食って化け物になった猿の妖怪や」

「おさるさん……」

「たろうは？　けがはだいじょうぶなの？」

蒼矢はしっぺい太郎の体におそるおそる触れた。太郎は大丈夫、というように、鼻先で蒼矢の頬をつつく。

「太郎はそのあと、すぐに信州長野《しんしゅうながの》の光前寺《こうぜんじ》……自分の家に戻ったんだ。お坊さんが待っているからね。そこで力尽きて死んでしまった……」

「しんだの！」

目の前にいる太郎に子供たちは悲痛な目を向ける。

「そんなのかわいそう！」

泣き出しそうな子供たちに、紅玉が素早く続けた。

「そやけどお坊さんが手厚く葬《ほうむ》ってな、今でも長野の光前寺には太郎のお墓があるで。磐田の方にも矢奈比売神社の北の方にあるつつじ公園に、霊犬《れいけん》神社ゆーて太郎を祀《まつ》ったお社《やしろ》がある。そんでしっぺい太郎は神様になったんや」

「ほあー……」

子供たちは尊敬のまなざしで凛と立つしっぺい太郎を見つめた。太郎はちょっと照れくさそうにぶるるっと頭を振った。澄んだ黒い瞳が子供たち一人一人を見つめる。

「太郎くんはいまは虹の野原で死んだ犬や猫やペットたちの番をしとるんや」

「にじののはらってなに？」

「にじ、でてんの？」

それはどこかで聞いたことがある、と梓も思った。

「そこはな、飼い主より先に死んだペットがおる野原や。ペットたちはそこであったかくして美味しいもん食べて、毎日遊んどる。そんで待ってんのや」

「なにをまってんの？」

「飼い主や。飼い主が死ぬと野原に虹がかかる。するとペットたちはその虹の橋を渡って飼い主のもとへ行くことができるんや。だけど時々飼い主のことが心配で、現世に逃げ出してしまう子もいるんやが、その子を迷子にならんように連れ戻すのがお仕事や」

「へえ、えらいねえ……」

言いかけた朱陽がはっと柴犬に抱きついた。

「じゃあこのこも、にじののはらからきたの？　このこ、ちんでんの!?」

あ、と梓はその可能性に思い当たった。前にも病院の前で飼い主を待ってた犬の霊に朱陽と一緒に出会ったことがある。

「ちゃんとさわれるよ！　あったかいよ！」

朱陽は一生懸命しっぺい太郎に柴犬の生をアピールする。太郎は穏やかな顔で首を振った。

「大丈夫や、あーちゃん。その子は生きてる。正真正銘の迷子や」

紅玉が言うと、朱陽も他の子供たちも「よかったー」と柴犬の体に抱きついた。

「そやから太郎くんにその子と話してもろうてな、どっから来たんか、飼い主さんのうちを教えてもらうんや」

紅玉が言うと、太郎は前へ出て柴犬に顔を近づけた。二匹は互いにふんふんと鼻の臭いを嗅ぎ、耳の臭いを嗅ぎ合う。やがて太郎は紅玉を仰ぎ見た。

「――え？」

太郎はなにも言わないが、紅玉にはわかったらしい。

「家に帰りたくない……て？」

その言葉にみんなが驚いて柴犬を見ると、しゅんと首を垂れている。

「どういうことなんや？」

四

全員で車に乗り、自動車道を走った。柴犬は車内にいたが、しっぺい太郎は外を走っている。道案内をしているのだ。素晴らしいスピードで、ときおり翡翠が「早すぎる！」と叫ぶと、こちらを向いて「しょうがないなあ」という顔をして速度を落としてくれた。

神様である彼の姿は他の人間には見えない。時折、歩道を歩いている子供が「わんわん！」と指さすくらいだ。

「太郎くんが言うには、」と紅玉が車内で話してくれた。

「この子はおばあさんに飼われていたんやけど、おばあさんが亡くなってからは、他の家族は世話もせず、ずっと庭につながれていたんだって。ご飯も一日一回くらいで。そんで最終的には……車で遠くに行って置いていかれた……って」

言いにくそうなその言葉に子供たちが騒ぐかと思ったが、四人は押し黙ってぎゅっと柴犬を抱きしめただけだった。柴犬はぴすぴすと鼻を鳴らしている。

「置いていったって……パンも、しろいいしもなしで？」

蒼矢が柴犬の汚れた前肢をそっと持って呟いた。きっとヘンデルとグレーテルの話を思い出しているのだろう。蒼矢は以前物語の中のヘンデルたちに会っている。帰る家のない子供の悲しみを、蒼矢は幼いながらも理解していた。

「柴ちゃんは家族が自分を邪魔やと思うなら、帰りたくないと言っとるらしい。ただ、全く帰りたくないわけやのうて、少しだけ未練もあるんやて」

「未練……そんなひどい家族に未練ですか」

梓が柴犬の頭を撫でると、犬は手のひらに頭を預けてきた。

「うん、まあ僕も太郎くんからの又聞きやから、詳細はわからんのだけど……誰かに会いたいらしいんや」

やがて車は埼玉の方に入っていった。前を走るしっぺい太郎がスピードを緩め、よく似た作りの住宅が並ぶ通りに入る。

「ん、このあたりか」

紅玉は窓の外を見ながら家を探した。柴犬を飼い主のもとへ連れて行くのは最終確認だ。本当にこの子がいらないのか、手放していいのか、一片の愛情も残っていないのか？

もしそうだったら……。

梓は手に触れる犬の体温を、重みを感じて思う。

うちの家族になるかい？

柴犬は梓の心の声が聞こえたのか顔をあげ、じっと見つめる。その瞳はどこか悲しげだった。

「ここらしい」

しっぺい太郎が立ち止まった一軒の前に、翡翠は車を止めた。

鉄製の柵の間から畳二畳分ほどの庭が見える。その隅に古びた犬小屋が置いてあった。屋根のペンキも薄れ、周りもずいぶん汚れている。そばにやはり汚れきった水入れと餌皿《えざら》が転がっていた。

人間が住む方の家もかなり古びている。おばあさんが長い間住んでいたというならそれなりの年数を重ねているのだろうが、それだけでなく、どことなく来訪者を不安にさせるような雰囲気を持っていた。

硝子《がらす》窓の内側の破れた障子《しょうじ》、壁の水染み、細かなヒビ、脱色した屋根。外から見えるだけでも手入れがされていないことがわかった。

「あじゅさ、ざっきがいっぱいだよ」

朱陽が車の中から家を見上げて小声で言う。梓には見えないが、子供たちには家にたかる邪鬼《じゃき》や雑鬼《ざっき》が視えるのだろう。

翡翠が車を降りてスタスタと玄関に向かった。紅玉と梓も降りた。

子供たちもついていきたがったが、犬と一緒に車内に残ってもらった。家族が犬に暴言を発したら……子供たちの柔らかな心が傷ついてしまうかもしれない。

翡翠が玄関に立ち、家の呼び鈴を——触れたくないほど汚れていたが——押した。表札には田邊《たなべ》と書いてある。間延びしたピンポーンという音が響いて、ややあってドアが乱暴に開けられた。

「どちらさん？」

思いがけないほど平凡な顔の男性が顔を出した。五〇代少し前くらいだろうか。どんな服よりもスーツにネクタイが似合いそうな、大人しげな人物だった。長年飼っていた犬を捨てるなんて、荒《すさ》んだ雰囲気を想像していたのだが、肩透かしをくらった気分だ。

「失礼、こちらでは犬をお飼いではなかったか？」

翡翠が手を後ろに組んで背を伸ばして言った。いきなり威圧的な態度なので、背後にいる梓ははらはらしてしまった。

田邊という男性は翡翠の胸のあたりまでの身長だったので、おどおどした目つきで翡翠を見上げた。

「犬、ですか？　いえ、飼ってないですよ」

「では庭のあれは？　犬小屋では？」

翡翠が体をそらして庭の犬小屋へと視界を広げる。田邊はそれを見たが、やはり首を振った。

「あれは昔ので……もう片付けなきゃと思ってたんですよ。犬は今はいないので」

「いない？　逃げたのか」

「ええ、そうです。逃げ出して」

「逃げたのに探していないのか？　捜索願いは？」

「あの、あんた、どちらさんですか」

田邊がじれったげに言った。無理もない。いきなりやってきて犬のことをあれこれ聞かれるのだから。

「あんたんとこの犬かもって柴犬を保護したんやけどな」

ひょいと紅玉が翡翠の後ろから顔を出す。にこにこしながら明るく続けた。

「茶色い首輪に黄色いリード。一〇歳になる柴犬や。あんたのとこのやろ？　車に乗っとるで」

田邊はその言葉に体を乗り出して玄関先に止まっている車を見た。車の窓の中に柴犬と子供たちの顔を見つけたが、表情は大きく変わらなかった。

「……知りませんよ」

「あんた、犬を捨てたんやろ。逃げたんやなくて」

紅玉がなおも詰め寄る。にこやかな顔だが目は笑っていないのが逆に怖い。

「あんたたち、なんなんですか！」

田邊の顔に怒気が表れる。暗い険が眉根に浮かんだ。人は後ろ暗いことがあると攻撃に転じるのだ。

「その犬がうちのだっていう証拠はあるのか、そんな犬は知らん！」

「じゃあ、もしあの犬があなたの家の犬だとしても――もう飼うつもりはないんですね。家の人もみんなそう思っているんですね」

我慢できなくなって梓が前に出た。

「ああ、そうだよ、犬なんかもう飼わない。あの犬だってお袋がわざわざもらってきて、吠えるしうるさいし庭中に小便《しょうべん》だの糞《くそ》だのして臭いし……やっといなくなったんだ、好きにしろ」

「わかりました」

早く話を切り上げてここから帰りたい思いでいっぱいだった。この人の声を聞いているだけで空気が汚れるような気がする。

梓は背を向けた。そのとき車の中から犬の大きな吠え声が聞こえた。

「えっ」

見ると子供たちが車のドアを開けて犬を外に出している。犬は車から出ると、歩道にいた若い女性に飛びかかろうとしたところだった。

「あ、だめだよ！」

あわてて飛び出したが、女性はしゃがんでしっかりと犬を抱きとめていた。

「柴ちゃん！　柴ちゃんどうしたの、どこへいってたの！」

女性は犬に顔を埋め、犬は激しく尻尾を振って女性の顔をなめ回している。ボーイッシュなショートヘアの女性の手が柴犬の背をせわしく撫でた。

「あ、あの」

梓がそばに寄ると女性は涙のにじんだ目を上げた。まだ若く、学生のように見える。

「柴ちゃんを連れてきてくれたんですか？　ありがとうございます！」

「あなたは……」

「わ、私は……」

女性はちらっと梓の背後の田邊──元の飼い主に視線を向けた。

「私はただの通りすがりで……ときどきこの子に会ってただけで……」

女性を見た田邊は、あ、という顔をした。

「あんたか。うちの犬を散歩させたいって言ってきたことがあったな」

怖い顔で言われて女性が身をすくめる。柴犬は女性の顔をなめるのを止め、鼻先にしわを寄せて飼い主を振り返った。

「は、はい……」

「そいつの毛をむしって庭にまき散らしたのはあんただろ！」

「そ、それは……柴ちゃんが換毛期《かんもうき》だったから抜けかけた毛をとっただけで……毛もできるだけ袋にいれて……すみません……」

おろおろした声で言い訳をする彼女の姿を隠すように、翡翠が立ちはだかった。

「おまえが世話をしないからだろう」

「なんだとぉ！」

「あなたはこの犬をよく知っているんですか？」

梓は女性に向かって身を屈めた。彼女は少し怯《おび》えた様子だったが、うなずいた。

「よくっていうか……大学の行き帰り、柵越しに柴ちゃんを撫でさせてもらったりおやつをあげたりするだけで……。柴ちゃんがいなくなったから心配してたんです。でも戻ってきたんですね」

「そいつはうちの犬じゃないよ、うちの犬じゃないからな！」

田邊がそう大きな声で言ったとき、不意にゴオッと大きな風が吹いた。

その風に圧されるように田邊はよろけて玄関の中に入った。バタンと大きな音をたててドアが閉まったあと、ドタンガタガタと物や人が倒れる音が聞こえた。

「――蒼矢」

今のが蒼矢の仕業だと察した梓はちょっとだけ怖い顔をして見せた。蒼矢はそれよりももっと怒った顔で閉まったドアを睨みつけている。

うちの犬じゃないなんて、そんなひどい言葉を柴犬に聞かせたくなかったのだろう。

「あの、……？」

女子大生はびくついた様子でこちらを見上げている。

「あの、柴ちゃんは……この子はどうなっているんですか？」

五

梓と紅玉、それに子供たちは女性を誘ってその家から離れた。翡翠は車をどこかの駐車場に止めてくると言って、妙にそそくさと車を出した。

少し歩くと公園があったのでそこに入る。ペット禁止とは書いていなかったので、彼女をベンチに誘った。子供たちは柴犬と一緒にさっそく公園の探検を始める。

女子大生は桃山《ももやま》みのりと名乗った。東京の大学に通っているという。

「私、大学で地方から出てきて、交通の便がよかったんでこのあたりに越してきたんです。大学のある駅まで一本で行けるんです。一年ほど前から、学校に行く道の途中で柴ちゃんに会って……」

犬は鉄の柵の間から鼻先を出していたのだという。いつも突き出しているその鼻がかわいくて、撫でてみたら懐いてくれた。

「いつも庭にいて、やせてるし、散歩も行ってないようだし……気になって撫でたり話しかけたりおやつあげたり……我慢できなくて散歩させてほしいって押しかけたこともありました。うちのマンションはペットの飼育ができるから、柴ちゃんさえよければ飼い主になりたいとも思ったんです」

大学生になったばかりの少女が見知らぬ家の人間にそんなふうに申し込むのは、勇気がいっただろう。

「だけど家の人に必要ない、放っておけってどなられて……そんなふうに怒られたら怖くて……結局柵越しにかまうしかできなくて」

みのりは両手の指を組んだ。爪の先が白くなるほどぎゅっと握る。

「それがここしばらく柴ちゃんの姿が見えなくて、だけど怖くて聞くこともできなくて……死んだのかな、逃げたのかなって心配してたんです」

「そうだったんですね」

子供たちは紅玉や柴犬と一緒に水飲み場で水を飲んでいる。朱陽が水道の蛇口に指を当てて盛大に水をまき散らしていた。水が苦手な紅玉は逃げ回り、それを子供たちが笑いながら犬と一緒に追いかける。

「あの子は迷子になって荒川にいたんです。それで飼い主の元に戻そうと思ってきたんですけど……」

梓が言うとみのりは頬をこわばらせた。

「うちの犬じゃないっていう人のところにですか？　迷子ってほんとは……捨てたんじゃないんですか。彼女はその言葉を噛んで呑んだ。

「あの子は……」

梓のそばにしっぺい太郎が来ていた。見上げてくる黒い瞳にうなずいて、梓はみのりに顔を向けた。

「あの子は家には戻りたくないけど、会いたい人がいるというので連れてきました。あなたのことだったんですね」

「え……？」

みのりは不思議そうに目を瞠《みは》った。明るい茶色の瞳は柴犬の目によく似て澄んでいる。

「あの子はあなたに会いたかったんです。それがあの子の心残りだったんです」

梓の言葉にみのりは曖昧な笑みを浮かべて首を横に振った。

「そんな……、犬の考えていることなんてわかるわけ……」

「わかるよ！」

子供たちと紅玉が梓たちの前に来ていた。蒼矢がリードを離すと柴犬はトコトコと彼女の前まで進んだ。

「わんちゃん、おねえさんにあいたいって！」

朱陽がきゅっと拳を握って叫ぶ。

「おねえさんにあそんでほしいって！」

蒼矢が怒っているような顔で言った。

「またなでてって……ゆってるよ！」

白花はおなかの前で両手を組んで大きな声で言った。

「おねえさん、すき」

玄輝は柴犬を指さし、それからみのりを指さした。

柴犬がクウ、と鳴いてしめった鼻先をみのりの手に押しつける。

「わ、私……」

「女子大生ちゃんに犬を押しつけるのは悪いかな？　でもあの家には返せんしね。なんならそこの梓ちゃんが引き取るから無理せんでええよ？　な？」

紅玉が心配そうな顔でみのりを覗き込んだ。それに彼女は激しく首を振ると、犬の顔を両手で包んだ。

「私でいいんでしょうか？　私なんかがこの子の飼い主になって。たった一年、柵越しにかまっていただけなのに、ちゃんとした飼い主になれるんでしょうか」

「時間は関係ないと思いますよ」

梓は二人を見つめて言った。

「ほんの一瞬の出会いでも運命の相手なら。唯一の犬と唯一の人なんです」

以前ネットで見たことがある。外国のホテルの前にいた野良犬をかわいがった旅行者の女性、犬は帰国した彼女が戻るのをずっとホテルの前で待ち、彼女も再び犬に会いにきて連れ帰った話を。

「彼にとってはあなたがただ一人の飼い主なんです」

みのりの目から涙がこぼれた。

「私でいいの？」

柴犬は返事の代わりにぺろりとその涙をなめた。みのりはそのまま犬の首に顔を埋めて抱きしめる。

「いい子、いい子ね。大事にするからね。家族になってね」

柴犬は前肢をそっと彼女のデニムの膝に乗せた。尻尾が大きく振られている。

梓の横で太郎が大きくうなずく。彼はこのことを知っていたのだろうか、運命の飼い主が柴犬を迎えにくることを。

ぐすんぐすんと鼻をすする音がする。子供たちが犬とみのりを見て泣いているのだ。

「みんな、泣いたりしちゃだめだよ。わんちゃんの新しいおうちが見つかったんだから」

「わかってるもん！」

朱陽が両の拳で涙をぬぐい、怒ってるような口調で言った。

「わんちゃん、おうちにかえれるの、うれしいもん！」

「ほんとのおうちがみっかってよかったね」

蒼矢は泣きながら笑ってる。

「わんちゃん……またね」

白花はぎゅっと柴犬の首に抱きついた。

「……」

玄輝も涙をこらえた顔で、よしよしと犬の頭を撫でる。

「あの、」

みのりが柴犬のリードをしっかりと握って梓と子供たちを見て立ち上がった。

「ありがとうございました」

「僕たちはなにも」

梓は微笑んだ。

「犬を連れてきただけです。彼は自分の家族のところへ帰ってきたんです」

ふっと手の下にしっぺい太郎の頭が触れた。梓は指先で彼の耳を掻いてやる。太郎は満足そうに顔を上げて梓の腰に頭を擦り付ける。

「さ、みんなも家に帰るで」

紅玉が子供たちをさあさあと促す。子供たちはまだ名残惜しげに柴犬を何度も振り返った。しゃあないなあと、紅玉は奥の手を出す。

「大丈夫、太郎くんが今晩泊まってくれるって」

そういうとぱっと子供たちの顔が輝いた。

「ほんと⁉　たろうちゃん！」

「いっちょにねんねする⁉」

「ブラッシングしたげる！」

「ごはん、たべる？」

しっぺい太郎はそれに鷹揚《おうよう》にうなずいた。

駐車場には翡翠が待っていた。子供たちの姿を見るとぱっと顔を輝かせたが、柴犬がいないことにたちまち心配そうになる。

翡翠は梓のそばに寄って「子供たちは泣かなかったか？」と耳元で囁いた。柴犬との別れを予想していたのだろう。子供たちの涙を恐れて一緒にこなかったらしい。

「大丈夫ですよ。子供たちもなにがわんちゃんの幸せなのかわかってますから」

そう言うと途端にメガネの中が曇る。翡翠は潤んだ瞳でしっぺい太郎にまとわりつく子供たちを見つめた。

「そうか……日々成長しているのだな」

翡翠は嬉しそうな、切なそうな、湿った声で言った。

「そうですよ」

しっぺい太郎も今度は車の中に入った。子供たちが大騒ぎでかまってくるのにもパタンパタンと尾を振ってじっと我慢している。いやな顔ひとつ見せないのはさすがの神対応。

「すみませんねえ」

梓が頭を下げると「いいのさ」と言うように口を開けて確かに笑って見せた。

終

池袋の家に帰ってから子供たちは庭でしっぺい太郎と一緒に遊んだ。ボール投げでは、どんなに高いところでもキャッチし、桜の枝をくぐり、屋根を駆ける。

それから四人がかりでブラッシングされ、首や耳や尻尾にリボンをつけられた。

居間で子供たちと一緒にご飯を食べ、一緒にお風呂に入り、一緒に布団に入る。

さんざん遊んだ子供たちは枕に頭をつけるなり、眠ってしまった。

「……お疲れ様でした」

寝室から居間へ、のそりと出てきた太郎に、梓は酒の入った器を用意する。紅玉から太郎は日本酒が好きだと聞いていた。

「子供たちの相手をしていただきありがとうございます」

しっぺい太郎はがぶがぶと酒を飲むと、長い舌で口の周りをなめた。

「あの柴犬は幸せになれますか？」

梓が聞くと大きくうなずく。確かな安心を与えてくれるうなずきだった。

「長年一緒に暮らした犬を……家族を、どうして捨ててしまうことができるんでしょうか」

しっぺい太郎は梓の隣に伏せると、長い前肢をクロスさせ、黙って見つめてきた。

その知的な瞳は「いろいろと事情があるのだろう」と言っているように思えた。

「なぜでしょう？　なぜ犬はそんな人を愛してくれるんでしょう」

太郎は自分の頭を梓の手の下に潜らせた。梓はすべすべした太郎の毛並みに指を滑らせる。

——人が犬に好意を向けてくれれば、犬は嬉しくてそれを倍にして返す。犬は好かれることがすべてなのだ。あの柴犬にも、一度だけ田邊に撫でられた記憶があった。それを覚えている。ずっと覚えている。

梓の胸の中に太郎のそんな言葉が思いとなって浮かんできた。それが温かく、梓は思わず胸を押さえた。

「……ほんとはあの柴ちゃん、うちに迎えたかったんですよ」

涙がにじみそうになったのを笑顔でごまかす。太郎は梓が頭を撫でるままに水入れの中の酒をなめた。

犬の体温って安心する。

梓は自分のおちょこにも少し酒を入れ、お相伴《しょうばん》した。

翌朝、子供たちはしっぺい太郎がいないことに気づいて大騒ぎになった。蒼矢と白花がわあわあ泣く。朱陽も玄輝も目を潤ませていた。

「太郎くんにはちゃんとお仕事があるんだから。いつでもタカマガハラや虹の野原で会えるよ」

「ほんとにー？」

「ほんとほんと」

そう言ってその場での愁嘆場《しゅうたんば》は終わったが、朝食のあと朱陽が大きな疑問を提示した。

「ねえねえあじゅさー」

朱陽が梓の服の裾を引っ張って言ったのだ。

「たろうちゃんがいるにじのの、はら、だけどさー」

「うん」

「かいぬしのひとがちんじゃったらー、にじのはしをわたってむかえにいくんでしょー?」

「うん、そうだよ」

「じゃあさー、かいぬしのひとがふたりいたらどうなんのー?」

「え?」

「しばちゃんはーおばーちゃんがかいぬしさんでしょー? でもみのりちゃんもかいぬしさんよー」

「ええ、そ、それはどうなるのかな」

「かいぬしさんたくさんいたら、じゅんばんにまわるんだよ!」

蒼矢がいい答えを言ってくれた。

「そ、そうだね。きっと蒼矢の言うとおりだよ」

でも念のため紅玉が来たら聞いてみよう。

「たろうちゃん、いまにじのの、はら、かなー」

子供たちは縁側に座って春の青空を見上げた。ふわふわの丸い雲が浮かぶ、どこか霞んだ柔らかな青の色。

「そうだね、きっとほかのわんちゃんたちのお世話をしてるよ」

「たろうちゃん、ばんばれー！」

朱陽が叫んで大きく手を振る。

「ばんがれー！」

「またきてねー」

蒼矢と白花も空に手を振った。

「たろうちゃん」

玄輝が空の彼方を指す。梓はそれを見た。空に浮かんだ雲が一瞬犬の姿になり、すうっとお日様の方へ駆けていく。

「……元気でね、また来てね」

雲のしっぽが二、三度振られ、やがて日差しの中に消えていった。

第二話

白花と金の指輪

序

白花《しらはな》はいつものように砂場で泥だんごを作っていた。今回は通常より小さめのものを作っている。仲良しのセリアちゃんにあげるためだ。

すでに艶《つや》やかな珠《たま》になっていたが、さらに磨きをかけるため、手の中で念入りに擦っていると、いつの間にか、見知らぬおばあさんが一人、目の前にしゃがんでいた。

「とってもきれいね」

おばあさんは目を細めて言った。

白花はちょっと得意げに泥だんごを手の上に載せて光をかざしてみる。硝子《ガラス》のようにつるりとした表面に、日差しが眩《まぶ》しく反射した。

「砂だけで作るんでしょう？　すごいわねえ」

「……かんたん」

「そうなの？　おばあちゃんにも作れるかな」

「おててばっちくなってもいいなら……ちゅくれるよ」

「うーん……」

おばあさんは片手を白花に差し出した。細かくぶるぶると震えている。

「おばあちゃんのお手々、こんななの。むずかしいかな」

「おてて、さむいの？」

「そうじゃないの。こういう病気なの」

「ふーん……」

白花は手の砂を服でパタパタと落とすと、おばあさんの手を両手で握った。

「ああ、お嬢ちゃんのお手々、あったかいわねえ」

しばらくそうして握ったあと、白花が手を離すと震えが少し収まっている。おばあさんは不思議そうに自分の手を見つめた。

「あらあ……？」

「〝ドクター夏目《なつめ》〟なら、しゅじゅちゅしてなおしてくれるかも」

白花は最近見たドラマの主役の名を言った。本木《もとき》貴史《たかし》の最新作だ。とたんにおばあさんの顔がぱっと明るくなる。

「お嬢ちゃん、〝ドクター夏目〟観てるの？　あれ面白いわよね！」

白花も顔を輝かせた。

「うん！　たかしちゃんがかっこいいの！」

「そうそう、本木貴史くんね！　わたしも大好き」

「しらぁなもだいしゅき！」

パチパチと手を叩いた白花におばあさんは目を細めた。

「しらぁなちゃんて言うの？」

「えと、えと、し、ら、は、なっていうの」

しらはな、しらはな、とおばあさんは口の中で繰り返した。

「覚えたわ、白花ちゃん。おばあちゃんは清恵《きよえ》って言います」

「きよえちゃん……」

「白花ちゃん」

二人はうふふと笑い合った。

「じゃあ白花ちゃん、あれ知ってる？　『このヤマは』……」

「『俺が登る』！」

清恵おばあさんと白花は一緒に本木貴史の出世作〝二つの顔の刑事〟の決め台詞を言って笑い転げた。

白花にとっては翡翠や梓以外に初めて出会った「たかしちゃんの話ができる」大人だった。

「本木貴史くんはかっこいいわよねえ。清潔感があって、それでいて骨っぽい逞しさもあって」

「しらぁな、たかしちゃんのせりふ、ゆえるよ！」

「聞かせて聞かせて！」

白花はこほんと咳《せき》をして、腰に両手を当てた。

「『この症状はレントゲンなどではわからない。解決できるのはこの神の目だけだ』」

「〝ドクター夏目〟の第一話目の登場シーンね！」

清恵おばあさんは両手を口に当てて目をぱちくりさせた。白花は続けて言う。

「『僕の名を覚えておけ。君の命を救ったのは』

「『ドクター夏目！』」

きゃーっと老女と幼女が黄色い歓声をあげる。その声を聞きつけて梓《あずさ》がベンチから歩いてきた。腕には熟睡している玄輝《げんき》を抱えている。

「こんにちは」

梓が言うと清恵おばあさんはよっこらせ、と立ち上がった。

「こんにちは、白花ちゃんのパパ？」

「あ、羽鳥《はのとり》梓と言います」

「あのね、あのね、きよえちゃんなの！」

白花は張り切って大人のお友達を紹介した。

「たかしちゃん、しゅきなんだって！」

梓が清恵を見ると恥ずかしそうに笑った。

「そうなの。お互い本木貴史くんが好きって意気投合してね……ごめんなさいね」

「いえいえ、こちらこそ白花の相手をしていただいてありがとうございます」

それから清恵は自分が近くの老人ホームに入居しているのだと話した。

「今日はいいお天気だからここまで散歩にきたんだけど、まさか本木くんファンのお嬢さんと仲良くなれるなんて思ってもいなかったわ。嬉しいわ」

「きよえちゃん、……またくる？」

白花は梓の後ろで後ろ手を組みながら、ゆらゆらと体を揺らした。

「そうね、いつもお昼過ぎには散歩にくるわ」

「じゃあこんど……たかしちゃんのほあいとでーのかーど、みせたげる！」

白花はヴァレンタインのお返しにもらった宝物のカードを見せたいと言った。

「そんな大事なもの見せてもらっていいの？」

「うん！　みせたげたいの！」

「ありがと、白花ちゃん」

清恵は白花のつややかな黒髪を撫でた。触れると光の輪がさらさらと揺れる。

「じゃあ明日またね」

「またね！」

そんな風にして白花と清恵おばあさんは知り合いになり、交流し、やがて清恵は白花を老人ホームへ誘った。

一

「きよえちゃんのほーむ、いきたい」

ある日白花は梓にそう訴えた。清恵から、ホームのお友達と一緒に「ドクター夏目」の録画を観ましょうと誘われたというのだ。

もちろん白花は毎回その番組を観ているし、録画もしている。だが、大勢でわいわいおしゃべりしながら観るとまた違うわよ、と清恵に言われたのだと言う。

「おしゃべりして……おちゃとおかし、たべるんだって」

白花は嬉しそうに言う。ずいぶん年齢差のあるガールズトークだな、と梓は苦笑した。誘われたと言っても、さすがに白花一人だけを老人ホームへ行かせるわけにもいかず、梓も一緒について行くことになった。

蒼矢《そうや》や朱陽《あけび》も行きたい！　と騒いだのだが、お年寄りばかりのところにこの元気爆弾を二つも投入するのは憚られ、最初は一人だけ、と説得した。

教えてもらったホームは三階建ての施設で、一階に食事を取るリビングや風呂場、リハビリルームがあり、二階三階が居住部になっていた。入り口で訪問の目的を告げると、清恵から聞いていたらしく、女性スタッフがにこやかに案内してくれた。

「清恵さーん、お待ちかねの小さなお友達ですよー」

老人ホームの入居者が集うリビングの入り口で、スタッフが大きな声を上げる。清恵は八人ほどがつける長テーブルの椅子に座っていたが、すぐに立ち上がってこちらへ来てくれた。

「白花ちゃん！　いらっしゃい！」

「こにちわ……」

白花は梓の足に隠れるようにして挨拶した。部屋の中の大勢の老人に、ちょっと驚いたようだった。

「本日はお招きいただきまして、ありがとうございます」

梓が丁寧に挨拶すると、清恵も深々とお辞儀《じぎ》をした。

「こちらこそ、こんなおばあちゃんにおつきあいいただきまして」

清恵はうふふと笑って白花に手を差し出した。

「白花ちゃん、おばあちゃんのお友達を紹介するわね」

「あい……」

梓は白花のあとにつきながらリビングを見回した。老人たちは広いリビングにいくつも置いてあるテーブルにばらけて座っている。壁際にもソファが置いてあり、そこに腰掛けている人もいた。

日当たりのいい窓際には持ち運びのできるユニット畳が置いてあり、そこでのんびりお茶を飲んでいる人たちもいた。

「白花ちゃん、梓さん、こちらに座って。お茶とお菓子があるのよ」

八人掛けのテーブルに座るとおばあちゃんたちが「お菓子どうぞ」「こっちもおいしいわよ」「食べて食べて」と梓と白花の前に茶菓子を寄せる。それから順番に名前を紹介された。のりこちゃん、まさよちゃん、じゅんこちゃん……と白花は全員の名前を復唱する。

「じゃあ、みなさん。『ドクター夏目』の第一回観ましょうか」

おばあちゃんたちは清恵の声に「うふふ」「きゃあ」と笑いさざめく。昔教室にいた女子たちとそんなところは一緒だなと梓は微笑ましくなった。

録画していたドラマが再生されると、おばあちゃんたちと白花は画面に集中する。

白花もおばあちゃんたちも最初こそ静かに観ていたが、徐々にリラックスしてきたのか、本木貴史が出てくると小さく声を上げたり、画面を見ながら雑談したりしていた。

「この俳優さん最近観なくなったわねえ」

「こないだバラエティに出てたわよ」

「あ、わたしこの人好き」

「ちょっとあの化粧やりすぎじゃない？」

「なつめせんせのむねのぽっけにあるの……なに？」

「体温計じゃないかしら」

わいわいとみんなで話しながら観るのは白花には新鮮かもしれない。自宅で本木貴史のドラマを見るときはほとんど白花と翡翠だけで、二人で黙って鑑賞するからだ。

梓は時々画面から目を離してリビングの中を見回していた。

部屋にはスタッフも二人ほどいて、掃除をしたり老人が歩くのを手伝ったりしている。三十代くらいの男性スタッフは端から窓を拭いていて、てきぱきとした手際《てぎわ》のよさに、梓は感心した。

リビングの中はドラマの音声や女性たちのおしゃべり以外の声は聞こえず、おだやかなものだった。

そんな中で、突然それは始まった。

「泥棒！　わしの大事なものを盗ったな！」

リビングの隅で小柄な老人が体を震わせて怒鳴っている。怒鳴られているのはさっき窓を磨いていたスタッフの男性だった。

「いえ、なにもとっていませんよ？」

男性は驚いた顔で言い返す。

「いや、盗った！　あれがない！　おまえが盗ったんだ！」

突然の大声にリビングにいた老人たちは驚いて一斉に振り向いた。

テーブルでドラマを見ていたおばあちゃんたちも録画をいったん止め、体をねじる。梓と白花もそちらの方を見た。

「盗っていません。落ち着いてください、吉田《よしだ》さん。なにがなくなったって言うんですか」

「そりゃああれじゃ！　あれだ、あれ！」

吉田と呼ばれた老人は体を震わせて叫んだ。

「あれってなんですか」

対してスタッフの方はあくまでも冷静だ。

「なんか……わからんがあれだ！　わしの大事なものだ！」

「大事なものなのにわからないんですか」

スタッフに言われて吉田老人ははげた頭の先まで赤くなった。

「～～わからん！　わからんが大事なものだ、それを盗ったんだ、おまえが」

「吉田さん、ちょっとお部屋へ戻りましょう。探したら出てくるかもしれませんよ？」

「出てこん！　今までずっと探しておったんだから……！」

テーブルで隣に座っていた清恵は白花の頭をそっと撫でる。

「ごめんなさいね、白花ちゃん。大きな声でびっくりしたわね」

「……だいじなもの、なくなったって」

白花は清恵を振り仰いで聞いた。清恵は首をゆるく横に振り、

「きっとお部屋のどこかにあるのよ。年を取ると自分のものを盗まれたっていう妄想《もうそう》が出てくるの」

「もーそー……？」

清恵を含めたおばあちゃんたちは、ちょっと悲しげな顔つきになり、うなずきあった。

「勘違いを思い込むことよ」

「ふーん……」

吉田と呼ばれた老人は、スリッパをパタパタ鳴らして白花たちのテーブルに近づいた。

「あんたたち知らんか、わしの大事なもの」

「わかんないわねえ」

「しりませんよ」

ねえ、と清恵が他のおばあちゃんたちに聞く。テーブルを囲んだ女性たちは一斉にうなずくと、冷たい目で吉田を見返した。老人は視線に押されるかのように少しよろけた。

「わしの大事なものじゃ。大事な大事な……」

吉田は手を擦り合わせる。乾いた皮膚の音がした。それを見ていた白花は、椅子の上に立ち上がり、吉田に手を差し出した。

「……なんじゃ、おまえは」

白花の存在に気づいていなかったらしい。突然現れた幼児に吉田は驚いた顔をした。

「しらぁなでしゅ」

白花は名乗るとぺこんと頭をさげた。

「し、しらな？」

「私のお友達よ、吉田さん」

清恵は白花の体をそっと抱いた。座らせようとしたようだったが、白花は椅子に立ったまま、吉田に小さな手のひらを向けて言った。

「おじいちゃん、おてて、みせてくだしゃい」

「し、白花……？」

梓も白花の服の裾を引いた。彼女がなにをしようとしているのか、わからなかったからだ。

吉田は怪訝《けげん》な顔をしたが、じっと見つめてくる黒い瞳に、おずおずと両手を白花に差し出した。

「……」

白花は吉田の両手の指先を摘まんだ。ぷっくりした桃色の幼児の手に比べ、老人の日焼けした手には茶色のシミがところどころに浮かび、痩せて骨張っていた。

「おじいちゃんのだいじなもの……これ？」

白花はその指をなぞりながら言った。え？　とテーブルにいた全員が目をあげる。老人の手の中にはなにもないが……？

吉田はきょとんとして自分の手を見た。

「なんじゃ？　なにもないぞ」

「これ」

白花は一本の指を差した。左手の薬指。その指には白い線が浮き上がっている。

いや、灼《や》けた肌のなかでそこだけが日焼けしなかったのだ。それほど長い間一緒にいたもの、あったはずのもの。

「指輪ですか」

梓は思わず立ち上がり、吉田の手を見た。

「吉田さん、指輪をなくしたんじゃないですか？」

吉田は一瞬呆然とし、そして自分の手をまじまじと見た。

「ゆびわ……ゆびわ？」

「結婚指輪じゃない⁉」

清恵が叫び声をあげる。広げた彼女の左手にもその指輪ははまっていた。

「そうよそうよ、結婚指輪よ」

他のおばあちゃんたちも騒ぎ出した。

「吉田さん、奥さん亡くなられたからホームへいらしたんでしょ？」

「きっと指輪よ！　はめているの見たことある！」

「吉田さん覚えてないの？　十八金だって前に言ってたじゃない」

きゃあきゃあと声をあげるおばあちゃんたちに、吉田は怯えた顔になった。

「ねえ、洗面台にあるんじゃない？」

「お風呂場じゃない？　私、お風呂はいるときに外《はず》すもの、流しちゃったら困るから」

「そうなのよ、指が痩せて指輪がゆるゆるになるのよね」

「わたしなんか、抜けちゃうからしまってるわ」

「吉田さんどこかにしまったんじゃないの⁉」

そこへ先ほどの男性スタッフがやってきて「お静かに、お静かに」と制してくれた。

「吉田さん、なくし物は指輪ですか？」

そう聞かれても吉田はうろたえたまま「わしは、わしは」と呟《つぶや》くだけだ。

「……おじいちゃん、おふろはいった？」

白花はくん、と鼻をならして尋ねた。梓も老人の体からパウダーの香りがすることに気づいた。

「風呂？　ええと、どうだったかな」

吉田は記憶が混乱しているらしく答えられない。白花は男性スタッフの顔を見た。

「ええ、……確かに吉田さんは午前中にお風呂に」

スタッフはこめかみに指を当て記憶を探る。

「じゃあおふろにあるかも！」

「いや、ないですよ。ちゃんと見ますし」

男性スタッフは冷たく聞こえるほどあっさりと返事をする。

「でも」

言いつのる白花の背後から清恵が援護する。

「一度見てきてくださいよ、杉山《すぎやま》さん。小さなものだから見落としがあるかもしれないし」

そう言うと杉山と呼ばれたスタッフは露骨に面倒くさそうな顔をしたが、黙ってきびすを返した。リビングを出たので風呂場に確認に行ってくれたのだろう。

「杉山さんて仕事は早いけどちょっと冷たいわよね」

清恵が他の女性たちに言うと「そうねえ、愛想ないわよね」とみんながうなずく。

「それにしても白花ちゃん、すごいわねえ！」

清恵が白花に賞賛の目を向ける。梓も白花の観察眼に驚いていた。前から注意深い子ではあると思っていたが、日焼けのあとに気づくとは。

「名探偵ね！　お見事！」

白花はぽっと白桃のように頬を染める。

「ちょっとした……すいり……。でもゆびわでてこなかったら、だめ」

「きっと出てくるわよ」

清恵は吉田の腕を握って揺する。

「ね、吉田さん。待ってなさい」

「あ、ああ……」

吉田は引っ張られるまま空いている椅子に腰を下ろした。不安そうな顔で手を擦り合わせている。何度も右手の指が左手の薬指を撫でた。

ややあって先ほどのスタッフが戻ってくる。しかし、その顔にはなんの感情も浮かんでいなかった。

「見つからなかったです」

そっけない言葉に、ああー……とテーブルの全員が気落ちする。白花はきゅっと唇を噛むと椅子に座った。

「おじいちゃん……」

対面に座る吉田老人の方へ、テーブルの上で身を乗り出す。

「ごめんなしゃい……。ゆびわ、みつかるといいね」

「ゆびわ……指輪かあ」

吉田はカサカサと手の甲を撫でた。

「どんな指輪かも覚えておらん……ほんとにあったんじゃろか」

「あったよ」

白花は腕を伸ばして老人の手を要求する。吉田がテーブルの上に手を乗せると、その指に残る白い跡に触れた。

「ずっとここにあったよ……？」

「うん……」

吉田は寂しそうに笑った。

「見つかったら思い出すかな」

「きっとね……」

回りに座る女性たちもうんうんとうなずく。すでに吉田に対する冷たさは消え、同情的な表情になっていた。

吉田はそんな彼女たちに、穏かな顔で頭を下げた。

二

「――吉田さんも一緒にドラマ観ましょうよ」

おばあちゃんの一人がＤＶＤのリモコンに触れながら言った。

「途中からだけどいいわよね」

録画を再生するとドクター夏目が患者に説明しているシーンからだった。

しばらくみんな黙って画面を見ていたが、ふとひとりのおばあちゃんが呟いた。

「そういえばあたしの指輪も見つからないのよね」

「え？　のりこさん指輪なんてしてなかったじゃない」

「うん、失くすのがいやだから仕舞ってたの。でも去年のクリスマスにつけようと思って探したんだけど、どこに仕舞ったのかわからなくなって」

「ああ、あるある、あるよねえ」

「かまぼこ型で古くさいものだけど、旦那からもらったものだし……どこに仕舞ったのかなあ」

夏目が手術室に入るシーンになった。この場面では夏目の使うメスが見つからずピンチに陥る。

「あのね、わたしもネックレス見つからないのよね」

別なおばあちゃんがぽつりと言う。

「若い頃、銀座で自分にプレゼントのつもりで買ったものだったのよ……それこそ清水《きよみず》の舞台から飛び降りる覚悟で。ローンも二四回払いで」

「ああ、前に見せてくれたわね。やだ、どこへやったの？」

「わかんないの。先月孫が来てくれたでしょ、そのときつけようと思って探したんだけど見つからなくて。大事に仕舞ったものほど出てこないのよねえ」

おばあちゃんは大きくため息をついた。

「私も探してみようかな。仕舞ってたって仕方ないものね」

別なおばあちゃんが言うとみんなが一斉にうなずいた。

「そうねそうね」

「私も探そう」

ドクター夏目の手術が順調に進んでゆく。スピードをあおりたてる音楽が画面から流れていた。

「……あじゅさ」

白花が梓の服を引っ張る。

「ん？　どうしたの？」

視線を向けた梓に白花は驚くべきことを告げた。

「しらぁな、トイレいきたい」

「ええっ！」

思わず大きな声になってしまった。白花の隣の清恵が身を乗り出し「じゃあおばあちゃんが連れてってあげようか」というのに首を横に振る。

「あじゅさといく」

「え、え、でも白花……」

驚いているのは白花が――神子《しんし》たちはトイレを必要としないからだ。

卵から孵《かえ》ったときから、子供たちの下《しも》のものは自動的にタカマガハラに召し上げられている。そういったものも神の恵みになるので、ある地域だけに福が溜まるのを防ぐためだと翡翠たちから説明を受けていた。

だから家のトイレは梓だけが使っているのだが、今、白花はトイレに行きたいと……。

「あじゅさ」

白花は焦った様子で梓の腕をとる。

「す、すみません。お手洗いをお借りします」

梓もうわずった声をあげ、椅子から立ち上がった。

「廊下を出たらすぐにわかりますよ。多機能トイレもあるのでそれを使って」

清恵が入り口を指さすのでそれにしたがって急いで廊下に出た。

「あそこか」

車椅子でトイレを使う人も多いのだろう。多機能トイレが二つあった。

梓は白花とトイレに入ると鍵をかけた。

「白花、トイレって……」

「ごめんちゃい……うしょです」

白花は小さく頭を下げた。梓は安堵のため息をつく。タカマガハラのシステムに異常が出たのかと思った。

「嘘ってどうして?」

「おばあちゃんたちのゆびわ、さがすの」

「え?」

「のりこちゃんのゆびわ……、クリスマスにみつからなかったでしょ。けいこちゃんのネックレシュもせんげちゅ、なかったの。それからよしだのおじいちゃんのゆびわ……」

短い期間に三人ものの人間のものがなくなった。

「あのね、なんかね……なんかきもちわるいの……ちゃんとしてないの……」

白花はもどかしげに言う。まだ語彙《ごい》が少ない年齢ではピタリと言いたいことが言えないのだろう。

「えっと、えっと……『二つの顔の刑事11話』でたかしちゃんがゆってた……そう、『作《さく》為《い》的なものを感じる。これは人の仕業《しわざ》だ』！」

ドラマの台詞を言うときだけ、白花の口調はなめらかになる。

「作為的なものって……白花はみんながただ指輪を失くしただけじゃないって思うの？」

「ん……」

白花は丸い頭をこっくりとうなずかせる。でもそうだとしたら、それは誰かが――。

暗い予感に襲われて、梓はごくりと息を飲んだ。

「白花はそれを探せるの？」

「ゆびわもネックレシュも……きんなの。きんならしらぁな、わかりゅ」

そうか、と梓は合点した。白花は白虎《びゃっこ》、白虎は金の気を持っている。

「でも、他の人も金のものを持ってるかもしれない。その区別はどうするの？」

「よしだのおじいちゃんと、のりこちゃんと、けいこちゃんはわかるから……だいじょぶ」

それは指輪に持ち主の思いがついているということだろうか？　白花は他の貴金属と彼らの思いがついているものを区別できるらしい。

白花は両手を差し出した。

「あじゅさ、おててぎゅってして。しらぁな、おうえんして」

梓はためらった。

白花は言葉にしないが、それは窃盗という犯罪の恐れがある。このホームの誰かが老人たちの貴金属を盗んでいるというのか。

そんな悲しい現実を白花に突きつけていいのだろうか。

「よしだのおじいちゃん……かわいそうなの……。おねがい、あじゅさ」

白花はそういうとぎゅっと唇を結んだ。

世の中にはいい人ばかりいるわけではない。白花はドラマでそれを知っている。

悪意と向き合ったとしても、白花はおじいちゃんやおばあちゃんを救いたいと願うのだろう。

「――わかったよ」

梓は白花に優しく言った。

「やってみて。梓も手伝う」

「ん、ありがと、あじゅさ」

白花は梓に手を預けて目をつぶった。その顔を見つめ、梓も目を閉じる。すると不思議なことが起きた。閉じたまぶたの裏になにかが見えるのだ。

(これは……)

目を閉じているのに開けているような。

その視界はひどく薄暗かった。その暗さの中でじょじょに見えてきたのは、かまぼこ型の大きな指輪だ。それからチラチラと光っているのはネックレスか。そして細い金色の指輪……他にも石のついた指輪が見えた。

（指輪がみんな一緒にある？　ここはどこだ？）

指輪がすうっと小さくなる。視界が離れてゆくのだ。すると目の前に小さな布袋が見えた。

（そうか、指輪たちはこの袋の中に）

さらに離れると、洋服がハンガーにかけられているのが見えた。

（え？　これって）

さらに視界が離れてゆく。そうするとスチールの扉が見えた。グレイの特徴のない扉。

（ロッカー……だろうか）

思った通りだった。ロッカーの扉に名前が入っている。白い紙にマジックで書かれたその名前は――。

『杉山』。

（えっ！）

視界は素早くロッカーを離れた。狭い部屋が見える。おそらくスタッフのロッカールーム。そこから離れてドアを通り抜け、ものすごい勢いで廊下を後退していく。

廊下にトイレの表示が見える。多機能トイレのドアをすり抜けると目の前にうつむいた白花の頭が見えた。そして白花が顔をあげる。

「うわ！」

パチン、と目の前で火花が散った気がした。梓は目を開けて白花を見つめた。白花は頬を上気させ、はあはあと荒い呼吸をしている。

「わかった……あじゅさ」

「うん。梓もわかったよ」

三

梓と白花は多機能トイレを飛び出し、さっきの視界の逆の道筋を通り、廊下を進んだ。すぐにロッカールームは見つかり、その中に飛び込むと、端から三つ目に『杉山』というネームのロッカーがあった。

「あじゅさ、これ」

白花が指さす。梓はうん、とうなずいた。

「ここだ」

しかし、と梓はロッカーに触れようとした手を止めて思う。

どうすればいいのだ？　このロッカーを勝手に開けるのはまずいだろう。杉山が指輪の類《たぐ》いを袋にいれて持っているのも、『窃盗』と断じていいものだろうか？

もしかしたら落とし物を保管しているだけ……いや、あれだけ指輪がなくなったと大騒ぎしていた吉田に何も言わないのもおかしい。

「白花、やっぱりこれは警察の仕事だよ」

吉田やのりこやけいこに紛失届を出してもらい、なんとか杉山にこのドアを開けてもらって……、と逡巡していると、

「なにしてるんですか」

低い声がした。振り向くと杉山が怖い顔で立っている。

「関係者以外は入っちゃいけないんですよ」

「あ、す、すみません」

杉山は入り口に立ったまま梓と白花を睨んだ。

「僕のロッカーになにか用があるんですか」

「え、いや、ええっと……」

ここは刺激しないほうがいいかもしれない。梓は曖昧《あいまい》な笑みを浮かべてそろそろと移動しようとした。そのとき。

「ここに、あるの」

白花がロッカーを指さし、はっきりと言った。

「みんな、かえりたいって。だしたげて」

「し、白花」

「なんの話だ」

杉山がすごむ。もう優秀な介護士の顔には見えない、暗い険《けん》のある顔だ。

ええいもう、仕方がない。梓は開き直った。

「あ、あのですね。探していたものがここにあるようなんです。よろしければロッカーの中を見せていただけませんか」

「なんだって?」

杉山が一歩部屋の中に入る。梓は白花を背後に隠した。

「いや、ですからこのロッカーの中に……」

「ふざけるな!　指輪なんか入ってない」

え?　と梓は杉山の顔を見た。今なんて言った?

「指輪、と言いましたか。やっぱりあるんですね、ここに」

杉山は手を口に持っていきかけ、ちっと舌打ちした。

「吉田さんの指輪ものりこさんの指輪もけいこさんのネックレスも……それに他の人のも」

「うるさい！」

杉山は梓の胸ぐらを掴みあげると、ロッカーに背中を叩きつけた。

「もうばっくれるつもりだったのに……てめえ、なにもんだ!?」

「……っ！」

背の痛みに顔をしかめた梓は、目の端にパチッと青白い火花を認めた。

「あ、白花、だめ……っ」

その途端！

目の前の杉山が、青白い光で縁取られた。髪の毛が天井に向かって逆立《さかだ》つ。

「ぎゃ！」

短い悲鳴を一声上げ、杉山がひっくり返った。

「白花……」

見下ろすと白花が真っ赤な顔で口をへの字にしている。

「人に電撃使わない約束したよね？」

「あじゅさにどんってした！」

二人は同時に叫んだ。

「だけど……」

梓が背を預けていたロッカーから離れると、扉がひとりでに開いた。ぶつかった衝撃で中のロックが外れたらしい。

「……ふーちゃんとれんしゅうしたもん……ちゃんとせーぶしてるもん……」

興奮するところ構わず発電する白花は、以前、タカマガハラから使わされた雷獣《らいじゅう》の速《はや》光芙貴之命《みつふきのみこと》と力の使い方を練習していた。だから人命には影響しない程度の電気ショックだとは思うのだが。

梓はふうっとため息をつくと白花の頭を撫でた。ピリッと手のひらに痺れが走る。まだ軽く帯電しているらしい。

「白花、だれかスタッフさんを呼んできて。杉山さんが倒れてるって」

「ん」

白花が髪をなびかせてロッカールームから出て行く。

梓はそれを見送ると、開いたロッカーの上部の棚に手を入れた。布の袋の感触がある。

梓は床に倒れた杉山を見下ろした。

「杉山さん、なんでこんなことしたんですか……」

問いかけても気絶した杉山は答えない。やがてバタバタとスタッフが廊下を駆けてくる足音が聞こえてきた。

終

ロッカールームにスタッフたちが飛んできて倒れている杉山に声をかけたとき、梓はわざとらしく袋を床から拾い上げるフリをして、指輪を出した。

スタッフたちは大騒ぎになったが、取り急ぎ杉山は救急車で運ばれた。そのあと警察がやってきて、いろいろと調べられたらしい。以前から警察は杉山に疑いをかけていたのだという。

杉山が前に勤めていた施設、さらにその前の施設からも盗難届が出されていたのだ。

白花は公園の砂場で新しい泥だんご製作に励《はげ》んでいる。梓は清恵と一緒にベンチに腰を下ろしてそれを見守っていた。

「杉山さんねえ、あちこちの老人ホームや介護施設を転々として窃盗を重ねていたようなのよ」

清恵がことの顛末《てんまつ》を報告してくれた。

「三ヶ月とか半年とか短いスパンで施設を回っていたらしいのね。今はどこの施設も人手不足だから、介護資格を持っていればすぐに雇用されたみたいで」

「そうなんですか……」

「仕事はできるから重宝《ちょうほう》されていたんだけど、それも盗みのためだとしたら、悲しいわね」

「そうですね」

白花が顔を上げてこちらを見て手を振る。清恵は肩まで手をあげて振り返した。

「吉田さんの結婚指輪、紀子《のりこ》さんのかまぼこ指輪、敬子《けいこ》さんのネックレス、それに美佐江《みさえ》さんのダイアモンドの指輪と静子《しずこ》さんのネックレスもあったそうなの。みんな自分でしまって見つからないと思い込んでたのね」

「取り戻せてよかったですね」

「ええ」

清恵は顔を空に向けて、温かな日差しを楽しんだ。

「それにしてもどうして盗んだものを施設のロッカーに入れていたんでしょう。家に置いておかずに」

梓は気になっていたことを聞いた。ロッカーにさえなければ杉山はしらをきり通せたはずだ。

「ああ、それねえ」

こちらを向くと、小さく肩をすくめて言う。

「指輪とかがないって騒ぎだされて警察を呼びそうになったら戻すためなのよ。それで戻してまた盗むの。そうしたら二度目は騒がないでしょ」

清恵はどこか疲れたような顔でため息をついた。

「そんな手間《てま》までかけて盗みをしたいものかしらね」

「清恵さーん」

公園の入り口から老人たちが歩いてきた。一緒に録画を見ていた紀子や敬子、それに吉田老人がいる。

「こんにちは」

「いいお天気ねえ」

「白花ちゃーん！」

清恵を含んだ老人たちは、連れだって白花のいる砂場へ向かった。梓のとなりに吉田老人がどっこらしょと腰を下ろす。

吉田は杖の上に手を重ね、首をまっすぐに立てて公園を見ていた。右手の下の左手の指に金の細い指輪が光っている。日焼けが抜けている白い線は指輪に隠れて見えなかった。

あるべきものをあるべきところへ、そんな言葉が梓の頭に浮かんだ。

「吉田さん、その指輪のこと思い出されました？」

「う――、うん」

吉田は指輪を指先で擦る。

「うん、うん……」

答えにはなっていないが、吉田は満足そうな顔をしている。梓はそんな彼を見つめて笑みを浮かべた。

そのとき、吉田の横に誰かがいることに気づいた。それは白髪を耳の下で切りそろえた上品な老婦人だった。赤い縁のメガネをかけている。

婦人は梓を見て、にっこりと笑って頭を下げた。思わず梓も下げる。

顔をあげるともう老婦人はいなかった。

（そうか……）

吉田が愛《いと》おしげに撫でている指輪。きっと今のは吉田の亡くなった奥さんだったのだ。

指輪には吉田だけではない、奥さんの想いもこもっているのだ。

「指輪、戻ってよかったですね、吉田さん」

「うんうん」

吉田は梓を見ずにそう答える。日差しが穏やかに彼の顔を温めている。

きっとそれは奥さんの手の温もり。今、最愛の人に抱きしめられているのだろう。

梓は吉田と一緒にベンチに座り、ホームのおばあちゃんたちが白花と一緒に砂をこねる風景を、微笑みながら見つめていた。

第三話

玄輝とたんぽぽ枕

春になると、野原にも公園にもお庭にも、いや、道路にだって咲いている。あの黄色く丸くかわいい花。

そう、たんぽぽだ。

そのたんぽぽにある野望を持っているものがいた。

四獣《しじゅう》の一人、玄武《げんぶ》の化身である玄輝《げんき》は寝ることが大好き。

生まれたばかりの頃はほとんど一日中寝ていたし、食事の間も一口食べるたびに寝たし、目を開けている時間のほうが少なかった。

それほど寝るのが大好きな玄輝はどこででも眠ると思われているが、実は寝具にこだわりがある。とくに枕だ。

他の三人は与えられた枕ですやすやと寝ているが、玄輝はそれが許せない。

寝床というのは眠るための神聖な場所だ。もちろん自分は畳の上でもコタツのなかでもベンチの上でも眠ることはできる。

しかし、寝床は寝るためだけに用意されたもの。その場所で満《まん》を持して寝るからには、最高のコンディションで寝たいではないか？

玄輝は以前から最適な枕を求めて試行錯誤《しこうさくご》していた。

たとえば梓《あずさ》のセーターを丸めてみたり、自分のフリースの上着を畳んで頭をのせたり、使っていない毛布を丸めたり。

そうこうしてたどり着いた枕は、バスタオルを一枚三つ折りにして、それを半分にしたものを二つ重ね、麻の布で包んだものだった。

しかしバスタオルの枕は洗ううちにどんどんへたっていくので同じ状態を保つのが難しく、やはり限界がある。

そんな玄輝が、もしかしたらこれはかなりイケるのではないかと狙っているのがたんぽぽだった。

優しい黄色に丸くて柔らかくて、見ているだけで心がふわっとしてしまう。一度でいいからあのたんぽぽに頭を乗せてみたい。

しかしたんぽぽはあまりに小さく、玄輝の頭が乗るはずがない。たくさんのたんぽぽを集め袋に入れてみようか？

だが、そんなことで花を折ってしまうのはかわいそうだ。できれば一輪で満足したい。

そうだ！　たんぽぽを大きくするか、自分が小さくなればいいのではないか？

玄輝はそんな考えにたどり着いた。

しかし、どうやって？　ものを大きくしたり小さくしたりするには、いったいどうすればいいの？

玄輝は梓に聞いてみた。

「え？　ものを大きくしたり小さくしたりするの？　うーん、未来から来た猫型ロボットがそんな道具を持ってたね。でも今の科学技術では難しいと思うよ？」

科学技術では難しいのか、と玄輝はこくりとうなずいた。

次に玄輝は紅玉《こうぎょく》に聞いてみた。

「うん？　ものを大きくしたり小さくしたり？　そやなあ、ルイス・キャロルって外国の作家さんが書いた『不思議な国のアリス』って話にそういうのあったなあ。キノコやったかケーキやったか飲み物やったか。

現実に？　うーん、そういう食べたり飲んだりするやつ、この国にあったかなあ。僕は薬学にはうといねん、かんにんな」

お話のなかにはあるんだ、と玄輝はこくりとうなずいた。その話は知らないから今度読んでもらう約束をした。

次に玄輝は翡翠《ひすい》にも聞いてみた。

「おお、ものを大きくしたり小さくしたりする技術か？　よくぞ聞いてくれた！　大きくするにはな、特撮においてはブルーバック合成というものがある。怪獣の足下で逃げる人間と怪獣を一緒に画面に映す技術で……え？　そういうのではない？　おお、そうだ。ウルトラQという番組で「1／8計画」という秀逸《しゅういつ》なドラマがあってな、これは人口過密を解決する計画に巻き込まれたヒロインが……おい、玄輝、どこへいく」

なにかわめいている翡翠を無視して玄輝はその場から逃げ出した。

困ったな。どうもうちの大人たちは頼りにならない。

そんなことがあって数日後、みんなでさくら神社へ遊びに出かけた。

神様はいないが神使《しんし》が残っている神社には、上半身が黒くて尻尾の長い兄鶏の伴羽《ともは》と、全身真っ白で片眼鏡をつけている弟鶏の呉羽《くれは》がいる。

「とーもーはーちゃーん！」

「おっすー、ともはー！」

朱陽《あけび》と蒼矢《そうや》がほぼ自分たちと同じ大きさの鶏に飛びかかる。

「あーそびましょ！」

「ぬおおっ！　おまえたち、わしがこの社の御神鶏《ごしんけい》だということを忘れたか！」

伴羽はとさかを振り立てて怒鳴る。子供たちは自分と同じ目線で全力で遊んでくれる伴羽が大好きだ。

「ともはちゃん、せなかにのせてー」

「そらとんでー」

「ともはちゃん……みみずたべる？」

さくら神社の境内で子供たちは伴羽を追いかけ回して遊んでいる。その間、梓は境内のゴミを拾ったり掃除をしたりする。

この神社は梓たちや喜多川《きたがわ》家の澄《とおる》、それに近所の有志の人たちが世話をしているので、廃社《はいしゃ》としてはきれいに保たれていた。

「こんにちは、玄輝さん」

弟の呉羽が境内の木の根元に座っている玄輝のそばにやってきた。

「どうされたんですか、なんだか元気がありませんね」

玄輝は呉羽の理知的な顔を見て、今まで梓や紅玉にしたのと同じ質問をした。半分くらいは諦めていたのだが……。

「はあ、ものを大きくしたり小さくしたりすることが可能かどうかですか？　それはできるでしょう」

呉羽はあっさりと答えてくれた。

「え？　どうやってって？　それはあれですよ、『打ち出の小槌《こづち》』です。一寸法師《いっすんぼうし》のお話はご存じですか？」

小さな体で生まれた一寸法師は、針でできた刀をおばあさんから貰い、茶碗の船で川へと漕ぎ出した。

やがて京の都で鬼に襲われた姫を守って戦い、鬼から打ち出の小槌を奪った。

姫が小槌を振って「大きくなあれ」と言うと、あら不思議。一寸法師はたちまち大きく立派な武士になったのだ。

呉羽はざっくりとそんな話を教えてくれた。

「本当のところ、一寸法師はただの正義の味方ではなく、いろいろと計略を張り巡らし、姫を我が物にする小ずるいところもあるのですが、そこはまあもう少し大人になってからご自分でお調べになればいいでしょう。そういうわけで『打ち出の小槌』があれば、ものを大きくしたり小さくしたりは、わけありません」

呉羽は片眼鏡を翼の先で押し上げて言った。

「ふむ、それで『打ち出の小槌』はどこかと。そうですね、確かあれは大黒《だいこく》さまがお持ちのはずです。はい、七福神《しちふくじん》の大黒さまです。小槌を持ったふくよかな神様……そんな絵や人形をごらんになったことはありませんか？」

そうか、あるのか、と玄輝は興奮した。問題はそれが誰か別の人のものだというところだ。

「大黒さまにお願いして貸してもらう？　なるほど。しかしどうやって大黒さまに話を通しましょうか……」

呉羽が白い頭をかしげたとき、どこからか声が響いてきた。

「なんだなんだ、俺の話をしているのか？」

気がつくと玄輝と呉羽は見知らぬ場所に立っていた。

白い砂浜青い海、椰子《やし》の木がざわざわと葉を揺らし、足下を小さなカニが横歩きしている。

目の前にはカラフルなビーチパラソルが立ち、その日陰にアロハシャツを羽織った大柄な男が横たわっていた。

真っ黒に日焼けした顔に短い白髪を逆立て、少し強面《こわもて》だがどこか愛嬌《あいきょう》がある。

「よう、四獣の玄武だな？　そっちはさくら神社の神使か。俺が大黒だ。お前たちの声、聞こえたぞ」

「これはこれは、大黒さま。お初《はつ》にお目《め》もじいたします」

呉羽はさっと白い翼を胸に当て、頭を下げた。

「まあ、そう畏まるな。ここは俺のプライベートビーチだ。楽にしな」

大黒は笑って玄輝に青いソーダのはいったグラスを渡した。

「それで俺になんの用だい？」

玄輝はジュースを受け取り、ぺこりと頭をさげた。

「なに？　『打ち出の小槌』を借り受けたい？　ふーむ、確かにあれは俺の持ち物だが……、ここ最近使っていないな。さて、どこにいっちまったかな」

大黒は目を閉じて人差し指でこめかみをつついた。

「あ、思い出した。そうだそうだ。あれはあいにく今俺の手元にはないんだよ」

「え？　そうなんですか？　それではどこに」

呉羽は砂浜にぺったりと座って大黒を見上げた。

「うむ。実は五〇年ほど前に賭け麻雀《マージャン》のカタに恵比寿《えびす》に取り上げられてしまってな。俺もそのまま忘れてて、今思い出したよ」

「なんと。大黒さまの必須アイテムともいえる小槌が恵比寿さまの元に」

「そうなんだよ。まああいつも冗談で取り上げたんだと思うぞ。どうせ使わないんだから戻してくれればいいものを。そうだ、これから返しにもらいにいこう。お前たちもちょっとつきあえ。そうしたらそれを貸してやろう」

「それはありがたいのですが」

呉羽は玄輝と顔を見合わせた。

「しかし、玄輝さんは仮親《かりおや》になにも言わずにこちらへ来てしまいました。これからさらに恵比寿さまのもとへだと時間がかかり、仮親が心配いたしましょう」

「なに、気にするな。戻るときには来たときの時間位置に戻してやる。周りのものは誰も気づかないさ」

その言葉が終わらぬうちに、南国ビーチの風景が変わっていった。

「おや、ここは……」

気がつくと賑やかな商店街に立っている。足下は石畳、両側は出店がせり出し、通路はすれ違うのがやっとの狭さ。そこにいろんな姿の人たちが行き交っていた。

顔が魚の人もいる。犬の人もいる。キリギリスのような四角い頭の人もいれば、煙のようにもやもやとした人もいた。

通る人がそんな風だから、出店の人々も負けてはいない。大体が動物の顔をしていて、人である方が少なかった。

「ここは恵比寿の門前だ。毎日市《いち》が立っている」

すぐそばに大黒がいた。アロハの半袖の中から逞しい腕を出して石畳の先を指す。

「ほら、この道をまっすぐ行けば恵比寿御殿だ」

指さす先に真っ赤な壁の大きな屋敷が見えた。屋根はぴかぴかの金色瓦《こんじきがわら》。そこに大きなしゃちほこ……ではなく金色の鯛《たい》が乗っていた。

「さあ、行こう」

恵比寿御殿は大きく立派な屋敷だった。玄関は吹き抜けで天井は雲がかかるくらいに高い。だが、どこにも昇る場所がなかった。

飛んで昇るしかないか、と思っていたら床が三人を乗せたまま上がり始めた。玄関自体が巨大なエレベーターになっていたらしい。

「恵比寿はこういうこじゃれた仕掛けが大好きでな。この屋敷も改造に改造を重ねてわけがわからなくなっている」

二階三階とどんどん床が昇ってゆく。壁には手すりのついた回廊があり、どの階層にも人がいてこちらに手を振ってくれた。

「そろそろ恵比寿の部屋だ」

大黒が巨体を屈めて耳元で囁く。

音もなく、床の上昇がとまった。すると、目の前に朱と金で彩られた扉がある。それは玄輝たちが近づくと自然に奥へと開いた。

「よう、恵比寿」

御殿の外見に比べて、その部屋は案外と普通に見えた。こじんまりとしていて拍子抜けするほどだった。

八畳ほどの畳敷きで、部屋の真ん中にはまだコタツがあり、天板の上にはサラダせんべいの入った木の器《うつわ》が置いてあった。

部屋の隅には四二インチの液晶テレビがあり、地上波のショッピング番組が放送されている。

恵比寿はこたつにあごを乗せ、ぼんやりとした顔でテレビを見ていた。

「おお……、大黒やないかい。うん？　そこにおるのは四獣の玄武か。よく来たなあ、新年にデパートで抽選当てたとき以来やな」

恵比寿はすぐに玄輝に気づいて、陽気な様子で話しかけてきた。

「なんの用かいな、大黒」

「お前に貸した『打ち出の小槌』、あれ返してくれ」

「『打ち出の小槌』？　そんなもん借りたかいな？」

「貸したぞ。ほら、前に麻雀やって俺がボロ負けして、お前に金のカタに取られただろ」

「ええー……ちょお待ってや」

恵比寿は両手の親指でこめかみをぐりぐりと回す。神々のこめかみには記憶装置が埋め込んであるのだろうか？

「ああ、そうやそうやそうやった。すっかり忘れとったわ」

「俺もずっと忘れてた」

大黒は笑ってそう言うと、玄輝を振り返った。

「この四獣の子がそれを借りたいんだそうだ。出してやってくれ」

「ほうか、玄武がな。わかったわかった。すぐに返したる……と言いたいところやけどな」

恵比寿はよっこいしょとコタツから立ち上がった。

「ちょお、ついてきてくれ」

　六畳の襖を開けると広い廊下が続いていた。廊下にはいろいろな木彫りの彫刻が並べられている。鮭を咥えた熊から鎧をまとった神将たち、古典的なものから抽象的なものまでいろいろだ。

「『打ち出の小槌』、もらい受けたのはいいんやけど使い道がなくてなあ。宝物庫に放り込んだままなんや」

「お前な、人の大事なものを雑な扱いするな」

「大事なものを賭《か》け麻雀のカタにすんなや」

　恵比寿と大黒は互いにつつきあいながら廊下を進む。

「ほれ、ここが宝物庫や」

　やがて見上げるほど巨大な扉の部屋の前についた。恵比寿が両手で扉を開けると、中からまばゆい光があふれ出す。

　そこには金銀財宝や巨大なオブジェ、宝箱に宝船、なぜか掃除機やテレビのような家電や、どう見ても下界の路上から引っこ抜いてきたような標識まであった。それらは瓦礫《がれき》のようにめちゃくちゃに積み重なっている。

　一目見て大黒はあきれた声をあげた。

「おまえなあ、これじゃゴミ屋敷とかわらんぞ。価値のあるものとないものごたまぜにしやがって」

「あー、そんときの気分でな。気に入るとなんでも持ってきてしまうんや」

恵比寿は玄輝と呉羽に向かって両手を広げた。

「『打ち出の小槌』はこの中のどこかにあるはずなんや。すまんけど自分らで探してもらえんかなあ」

呉羽と玄輝は呆然と目の前の宝物の山を見上げた。この中から小さな小槌を探し出すことを考えると眩暈《めまい》がする。

「これは一日じゃ終わりませんよ、玄輝さん。どうしましょう？　他のお子さんたちの力を借りますか？」

呉羽の言葉に玄輝は考えた。確かに自分一人で探すのは難しそうだ。しかし……。

「え？『打ち出の小槌』は自分の趣味のために使うものだから他の子たちに面倒はかけたくない？　さすが、玄輝さん！　わかりました。それでは私がおつきあいしましょう。何日でもここへ通い、『打ち出の小槌』を見つけ出しましょう！　いいえ、遠慮なさらずに。お手伝いさせてください。玄輝さんをお手伝いできるのは私の喜びです！」

呉羽がそう言ってくれて玄輝は感激した。小槌を見つけたら、必ず呉羽にもたんぽぽ枕をプレゼントしよう！

「なんか面倒なことになってすまんなあ」

大黒が困った顔で頭をかく。

「もっと早く恵比寿から取り戻しておけばよかった。え？　気にするなって？　まあなに使うかわからんが、見つけたら好きに使っていいからな」

大黒は自分で見つけるつもりはなさそうだった。仕方ない。さあ、玉石混合の宝の山から打ち出の小槌を見つけだそう。

どのくらい探したのか、へとへとになるまで探したが、打ち出の小槌は見つからなかった。

「また明日にしましょう」

呉羽が玄輝に声をかける。

「玄輝さんが探しにきたいと思えばここへ来ることができるように、恵比寿さまが道をつけてくれました。ここにいる間は現世では時間が進んでいません。誰にも気づかれずに探せますよ」

かさねがさねありがとうと玄輝は呉羽に頭を下げた。呉羽のためにも絶対小槌を見つけ出し、たんぽぽ枕を手に入れたい。

それから玄輝は一日一回、かかさず恵比寿の宝物庫に通った。玄輝が宝物庫にはいると連絡がいくのか、必ず呉羽も来てくれた。

二人はせっせと宝物庫の宝を掘り出した。玄輝の小さな手で右から左に動かしたり、呉羽のくちばしで移動させたりするだけなので、かなり時間がかかる。動かせなさそうな大きなものは後回しにして、あとから大黒を呼んで持ち上げてもらった。

そうして三日、五日、一〇日が経った頃。

「あった？　ありましたか、玄輝さん！」

呉羽が宝の山の上からはばたいて降りてきた。玄輝の手の中に朱房のついた金色の小さな槌が握られている。

「これが『打ち出の小槌』ですか？　試してみましょう、玄輝さん」

呉羽は玄輝にそのへんにあった指輪を差し出した。

「槌を振りながら大きくなあれと唱えてください」

床に置いた指輪に向かって玄輝は槌を振り上げた。

「おおきくなあれ……」

一回、二回。

なんと、赤い石のついた指輪は玄輝が槌を振るごとに、一回り二回りと大きくなってゆくではないか。

「やりましたね……玄輝さん！」

　呉羽は翼を広げて玄輝に抱きついた。

「長い間よくがんばりましたね！　これで『打ち出の小槌』が借りられますよ！」

　眼鏡のない方の目に涙が浮かんでいる。苦労をともにした呉羽の言葉に玄輝も泣きそうになった。

「さあ、これでなんでも大きくしたり小さくしたりできますよ。玄輝さん、いったいこれをどう使いたかったのですか？」

　ここまで一緒に探してくれた呉羽には言ってもいいだろうか？　馬鹿馬鹿しい望みだと笑われないだろうか？

　玄輝はほんの少し躊躇したが、思い切って呉羽に打ち明けてみた。

「ほう……！　たんぽぽを大きくして枕に……」

　呉羽は初めて玄輝の願いを聞くと、丸い目を大きく見開いた。

「素晴らしい考えではありませんか！　なんと独創的なアイデアでしょう」

　呉羽は感心し、褒めてくれた。玄輝はほっとする。

「え？　私にもそのたんぽぽ枕をくださる？　それはありがたい。きっとすばらしい寝心地でしょう！」

呉羽は飛び上がって大喜びした。しかし、そのあとで少し恥ずかしそうに囁いた。

「あの、もしよろしければ兄者にもそのたんぽぽ枕をいただけないでしょうか……?」

もちろん玄輝に異存はなかった。


家に戻ったときは、ちょうどお昼寝にとりかかる前だった。玄輝はいつもお昼寝をする一瞬前に恵比寿御殿へ行っていた。これなら捜し物を終えて疲れて戻っても、すぐに眠ることができる。

しかし今の玄輝の手には打ち出の小槌がある。このまま寝てしまうことなどできなかった。

今こそ野望を達成して、たんぽぽの枕で晴れてお昼寝をするのだ!

玄輝は寝室から廊下へ飛び出し、そのまま庭に降り立った。

たんぽぽはどこだ? 一番大きくて一番きれいなたんぽぽはどこにある?

玄輝は庭を見回した。ところがあれほどあった黄色い花が今はひとつもない。

——え?

たんぽぽの花は、すべて綿毛《わたげ》になってしまっているではないか!

「……」

玄輝は膝から崩れ落ちた。打ち出の小槌を探すのに時間をかけすぎた。これではたんぽぽの枕が作れない。

あれだけ懸命に探したのに！

呉羽にも手伝ってもらったのに！

ずっとずっと望んでいたのに！

「う……」

言葉にならない思いが目から雫《しずく》となってあふれ出した。

「うーうーうー……」

玄輝は庭の草を掴んで泣いた。土につっぷして呻《うめ》いた。

「玄輝!?」

梓が飛んできた。どうしたの？　と抱き起こしてくれる。

「うーうーうーっ！」

玄輝にはまだ今の自分の思いを伝える言葉がない。無念さを表す言葉がない。だから身をよじって顔を歪めて泣いた。

「どうしたの？　玄輝。泣かないで……」

梓の優しい手が背中を叩いてくれる。玄輝は梓の肩に顔を埋めた。

「げんちゃん、げんちゃん」

「げんちゃん、だいじょーぶ？」

「げんちゃん、……泣かないで」

他の子たちもやってきて、玄輝と梓を取り囲んだ。玄輝は涙に濡れた顔をあげ、朱陽を蒼矢を白花《しらはな》を見た。

ぐすんと鼻をすすりあげるとそっと梓の肩を押す。

「玄輝、どうしたの？　なにがあったの？」

「たんぽぽ……」

玄輝はようやくそれだけ言った。

「たんぽぽ？」

「たんぽぽが、わたげに、なっちゃった」

梓は庭を見回した。確かに黄色いたんぽぽの花がみんな白い綿毛になってしまっている。

「綿毛になったのが悲しかったの？」

本当はそうじゃないけど玄輝はうなずいた。一から説明するのは難しい。

「また来年の春に咲くよ。それにお庭のたんぽぽは綿毛になったけど、公園にはまだお花が咲いてるかもしれないよ？」

そうだね、と玄輝はうなずく。たんぽぽはたくさん咲いている。きっとどこかに枕に最適なたんぽぽが残っている。

「お昼寝したら公園に行こうね」

うん、と玄輝はもう一度うなずいた。公園で探そう、そしてみんなにたんぽぽの枕をあげるんだ……。

結論から言って。

玄輝は公園でたんぽぽを手に入れることができた。それを打ち出の小槌を使って大きくすることもできた。しかし――。

「玄輝さん、どうしたんですか？　ようやく念願のたんぽぽ枕を手に入れたのに」

玄輝から自分と兄の分のたんぽぽ枕をもらった呉羽は、なんだか元気のない様子に首をひねった。

「え？　実際寝てみたら案外寝にくかった？　想像と違った……そうですか。だから期待しない方がいいと？　わかりました、試してみましょう。でも玄輝さん、考えてみればよかったかもしれませんよ」

呉羽の言葉に玄輝は首をかしげる。

「だって、これからも最高の枕を探し続けることができるんですよ？　それって楽しいことではありませんか？」

呉羽の言葉は玄輝の胸の中にぽつんと温かいものを落としてくれた。
そうか、これからも枕を探し続けられるんだ！
最高の枕、素晴らしい枕。唯一無二の自分だけの枕。
「……！」
玄輝は力強くうなずいた。
玄輝の枕を探し求める旅は、まだまだ続く——。

第四話

蒼矢と翡翠のご近所探偵物語

序

最近毎朝パン食である。

あと、公園で食べるお昼ご飯もサンドイッチが多い。子供たちはサンドイッチもトーストしたパンにジャムやマーガリンをつけて食べるのも、マヨネーズだけで食べることも大好きなので、パンの消費量は多い。

「……」

梓《あずさ》が冷蔵庫の前でにやにやしている。

目の前にはシールの台紙がマグネットで張ってあり、几帳面《きちょうめん》な梓らしい丁寧さで、きちんとシールが並べられていた。

「なんだ、羽鳥《はのとり》梓。気持ちの悪い顔をして」

梓の笑顔を見た翡翠《ひすい》が無粋《ぶすい》な言葉を放る。

「藪《やぶ》から棒に……。気持ち悪いって失礼ですね」

「にたにたしているからだ」

だが梓は怒るより、話せる機会を得た方が嬉しかったらしい。

「見てくださいよ、これ」

指さしたシールの台紙に翡翠は顔を近づける。

「春のパン祭り……？」

「そうです。憧れのパン祭りですよ。子供の頃母親が集めていたんですけど、親子二人じゃパンの消費量も少なくて、菓子パンなんかで補っていたんですが間に合わず、何度涙を呑んだことか。しかし」

バンッと梓は冷蔵庫を叩く。

「四人の子持ちになれば、あっという間にシールの点数が集まるんです！　食パンだって一袋一日で食べちゃいますからね！」

「最近パン食が多いと思っていたが、こんな陰謀《いんぼう》が」

「とうとう点数もあと三点、食パン一袋分です」

梓は両手の拳を握り、天井を仰いだ。

「お母さん見ていてくれますか、俺はやりましたよ！」

「お前の母親、生きていたよな？」

「夕方、公園の帰りにスーパーへ買い物に行くので、一緒に来てもらえますか？」

「スーパーでないといけないのか？」

スーパーにあまりいい思い出のない翡翠がたじろぐ。

子供たちの世話係として羽鳥家に出入りする以前から、翡翠は人間の姿で現世をうろついていた。そのとき、どこかのスーパーでトラウマ級のミスをしたらしく――オイルショック時の大混乱に巻き込まれたり、年末商戦のパニックに襲われたり、積み上げた商品をひっくり返して怒られたり――未だにスーパーに苦手意識を持っている。

「このパンは○×スーパーが少し安いんです」

「皿くらい私が買ってやるのに」

翡翠はパン祭りのチラシに載っている白い皿の写真を見て言った。花びら型の縁のついた上品なデザインだ。

「春のパン祭りはただ皿を求めるだけじゃないんですよ」

梓はきっぱりと言う。

「日々の買い物の中でひとつずつ小さなポイントをためる。そしてご褒美をもらう、その達成感が嬉しいんです」

「そ、そうなのか」

「そうなんです、それにパン祭りの皿はクマムシなみの頑丈さで有名なんです」

日頃そんなに自己主張のない梓がここまで熱を見せるのは、他には北陸《ほくりく》新幹線関係しかない。北陸新幹線福井《ふくい》開通おめでとう（令和六年三月一六日）。

梓は再びうっとりとした目で台紙を見つめた。

「あと一枚……待ってろよ！　パン祭り！」

一

予定通り、夕方みんなでスーパーに行った。

通路の横道を見つけるたびに駆けだそうとする朱陽《あけび》と蒼矢《そうや》は紅玉《こうぎょく》に捕まえていてもらい、玄輝《げんき》は翡翠にだっこされ、白花《しらはな》はカートの前に乗っている。

夕食前のスーパーはカートにぎっしり食材を積んだ人たちでいっぱいだった。

梓は野菜や魚、肉をぽんぽんとかごにいれた。最初の頃はスーパーに来てもなにを買っていいのかわからなかったり、大根ひとつ買うにしてもどれがいい大根なのかと悩んだりしていたが、今は食品を見る目にも迷いがない。

レタスの丸み、大根の葉の付け根、ネギの太さで善《よ》し悪《あ》しをさっと見抜く。スナイパー並の眼力を持った主婦たちが商品を選別する戦場で、鍛えられただけのことはある。

「よし、最後はパンコーナーだ」

カートのグリップを握る手にも力がこもる。梓は車輪をうならせてスーパーのコーナーを攻めた。だが。

「……ないっ！」

いつも買っている一〇枚切りがない。一〇枚切りはサンドイッチ中心に使うのだが、トーストしてカリッと食べるのが子供たちのお気に入りだ。

「八枚切りならある……しかし……いや、ここは五枚切りを買って半分にスライスするか」

梓は気を取り直して五枚切りに手を伸ばそうとした。だが直前に他の客に奪われてしまった。勝利を手にした小柄な主婦の頬がにやりと持ち上がる。

「くっ……ぬかった……！」

仕方なく八枚切りをとろうとしたが、なんということか、つい二秒前にはあったのに、今はなくなっているではないか。

『今日のお買い得商品』

パンコーナーにはそういうポップが輝いている。

「しまった……！」

梓はがっくりと肩を落とす。セールの罠に気づかなかった梓の負けだ。

「ど、どうしよう。今日買ってシール貼って出す予定だったんですよ。消印有効日が明日なので」

「じゃあ明日買って出せばいいやん」

うろたえる梓に紅玉がしごくまともなことを言う。

「明日売ってなかったらどうしましょう……」

「六枚切りでもええんやない？」

「ロールパンもあるぞ」

梓の憔悴《しょうすい》を見て紅玉と翡翠が慰める。

「なんか負けた気がするんですよね……」

梓は悲しげな顔をしながらロールパンを取り上げた。

「それにこれ美味しすぎて、子供たち食べ過ぎちゃうんですよ。なんならおかずを食べずにこればっかり食べるし……」

「あれ、梓くん」

悄然《しょうぜん》とした梓に親しげに声をかけてきたのは、喜多川《きたがわ》家の一人息子澄《とおる》だ。この春からぴかぴかの大学生。

「あ、澄さん……」

大学生ではあるが、一〇年引きこもりを続けていた澄は、梓より三つほど年上だ。長年他人と関わっていなかったせいなのか、その表情にはどこか世間ずれしないあどけなさがある。

「おー、とーるー！」

翡翠と手をつないでいた蒼矢が澄に片手を上げた。澄も手を上げて二人でタッチする。

もともと昆虫に詳しい澄と夏に一緒に虫取りをして以来、子供たちは澄が好きだ。その彼が大学入学試験を受ける時、予想外の雪で交通がストップするというアクシデントがあった。

そのとき蒼矢が青龍になって空を飛んで送ったことがあり、そのせいでより親しくなったのだ。

「なんかお久しぶりですね」

「そうだね、大学に入ってから会うのは初めて？」

澄のカートにもたくさんの食材が入っている。

「今日は澄さんがお買い物ですか？」

「うん、母に頼まれてね」

澄はそう言うと梓にメモを見せた。神経質そうな細い文字でこまごまと書いてある。

「これだけ揃えるのに三〇分以上かかっちゃった。小麦粉に種類があるのも知らなかったし、醤油だけであんなにコーナーがあるなんて初めて知ったよ」

それを聞いて、自分も強力粉と薄力粉の違いを知るまでの道のりは遠かった、と梓は思い出す。

「お母さまはお出かけですか」

　梓が聞くと、澄はちょっと目を伏せた。

「それが……怪我をしちゃって全治二週間。入院中なんだ。入院用に新しいパジャマとスリッパが欲しいと言われて、このあと二階にもいくんだ」

　スーパーの二階は日用雑貨売り場になっている。澄は疲れた顔で天上を見上げた。

「入院って、どうなさったんですか」

「電動キックボードにはねられたんだよ」

「えっ⁉」

　翡翠と紅玉が顔を見合わせていた。

「キックボードというのはあれか、ケッタか」

　翡翠の頭の中には、一九七〇年代に流行ったローラースルーという子供の玩具《おもちゃ》が浮かんでいるのだろう。紅玉は笑って首を振った。

「最近は電気の力で走るんや。電動キックボードが公道を走れるようになってから、それの交通事故が増えたと聞いとるな。だけどまさかこんな身近にその犠牲が出たとは」

「とーるのまま、けがしたの？　だれがやったの⁉　おれ、やっちゅけてやる！」

　蒼矢が澄のデニムのポケットをひっぱる。それに澄は困った顔で笑った。

「大丈夫、もうおまわりさんに話してあるからね。きっとすぐ捕まるよ」

「ということは、犯人は逃げたんですか？」

梓が突っ込むと澄はうなずいた。

「相手も相当慌ててたのか、倒れた母を放って逃げたそうなんだ。幸い、通りかかった人が救急車を呼んでくれて」

「ひどいですね」

「うん、防犯カメラもなかったし、母も動転してなにも覚えていないって言うし、ちょっと難しいみたいなんだけど」

澄の顔は諦め気味だ。しかし母親がいないとなるといろいろと不都合だろう。

「よかったら家事をお手伝いしましょうか？」

「大丈夫だよ。父も今は早めに帰ってきてるし、僕もなんとか出来るだろうし……入院中に切れそうなものを買っておけってこれだけ注文できるんだから元気だよね」

なるほどそれで醤油に小麦粉にお酢にマヨネーズ。ここぞとばかり重いものばかりだ。

梓は澄のカートを見て、自分が不在の家の心配をしている母親の思いを知った。

「なにか手伝えることがあったら言ってくださいね」

「ありがとう、梓くん」

澄はもう少し買い物があると言ってその場はそれで別れた。

スーパーを出てみんなで歩道を歩いているとき、向こうから電動キックボードに乗った若い男女が三人ほど走ってきて、横を通り過ぎた。けっこうな速度が出ている。

「あれは怖いなあ」

紅玉が見送って言った。

「あんなのにぶつかられたらそりゃあ怪我しますよ」

梓は子供たちを守るようにそっと彼らを自分の横につけた。

「澄さん、大丈夫かな」

見上げた夕方の空に一番星が高く光っていた。

二

公園で蒼矢は朱陽と鬼ごっこをしていた。ルールはひとつだけ、空を飛ばないこと。自分の二本の足で走るだけ。

二人の追いかけっこは見るものが見れば、幼児としては早すぎると思うだろう。

だが、のどかな午後の日差しの中で駆け回る子供たちの姿は、ほのぼのとしたものに見えるだけだ。

さんざん駆け回って、蒼矢はベンチに飛び込むようにして座った。はあはあと喘《あえ》いで空を見上げる。青空は蒼矢を誘う。

あそこを全力で泳ぎ回ったら楽しいのになあ……。

「蒼矢、大丈夫か？　水を飲むか？」

翡翠が水筒を持ってやってきた。公園の水飲み場の水は美味しくないという理由で、毎回翡翠の浄化した水をボトルにいれている。

「あいがと！」

蒼矢は水筒の蓋を両手で持って、翡翠の美味しい水をゴクゴク飲んだ。

「……っはー！　おいちーっ！」

「そうかそうか」

翡翠は蒼矢の飲みっぷりににこにこしている。水筒が空になっても翡翠が持てばすぐにぽこぽこと水が湧いてきた。

「あらあ、翡翠さん、蒼矢ちゃん！」

甲高い声が聞こえた。よく知っているこの声は三波《みなみ》潮流《ちょうりゅう》の家の家政婦、高畠《たかはた》さんだ。

高畠さんはカートに食料品をいっぱいに詰めて、ごろごろと押しながらこちらに向かってきた。

「こんにちは、高畠さん」

「こにちわー！」

手を上げて挨拶すると高畠さんは満面に笑みを浮かべた。

「こんにちわ！　いつも元気ね蒼矢ちゃん。白花ちゃんは……ああ、お砂場ね。朱陽ちゃんはジャングルジム。玄輝ちゃんは向こうのベンチで梓さんとおねんねね」

ほぼ一瞬で公園にいる子供たちの配置をつかみ取る。さすが、出来る家政婦。

「ちょうどよかったわ。翡翠さんにお話があるのよ」

高畠は蒼矢を挟んでベンチに腰を下ろした。

「お話、ですか」

翡翠は用心する。今まで何度もお話と言われてご町内の謎につきあわされた。全部解決はしているが、そのたびに紅玉や梓に怒られている。

「そうなの。あのね、暴走電動キックボードの件」

「キックボード？」

最近その名称をどこかで聞いたな、と翡翠が首をかしげる。

「この辺りでキックボードの接触事故が多発してるのよ。二週間ほど前に近藤《こんどう》さんのおばあちゃんがぶつかられそうになって転んだと思ったら、こないだは喜多川さんの奥さんが」

「ああ！」

スーパーで会った澄が言っていた事件か、と翡翠は手を打つ。

「とーるのままがけがしたやちゅ？」

蒼矢がきっと顔をあげた。

「そうなの、蒼矢ちゃん。喜多川さんの奥さんがキックボードに跳ねられて二週間の大怪我。どうも倒れたとき肩を折ったらしいの、大変よぉ。そのあともあたしのお友達の久我《くが》山《やま》さんのお母さんがぶつかられたのよ。久我山さんのお母さんてお花の先生やってらっしゃる方なんだけど、お弟子《でし》さんの発表会のお手伝いに日本橋《にほんばし》に行って、あ、なんか若い女性十五人くらいの発表会なんだけどね、その帰りの道でどーんって！」

相変わらず余計な情報が多すぎる。

「それであたし警察に聞いてみたら、久我山さんで四件目なんですって、キックボードの事故。三人目の方はあたし存じあげないんだけど、これだけ続いたら絶対偶然とか過失とかじゃないわよね」

「カシツってなに？」

蒼矢が翡翠を見上げる。

「過失というのは事故……うっかりしてやってしまうことだ」

「そうなの。最初は事故だと思われていたんだけど、これはあきらかに故意、つまり犯罪よ！」

「はんざい……」

蒼矢はむーっと考え込んだ。はんざいって知ってる。悪い人が悪いことをすることだ。

「そうなのよ、わざとぶつかって怪我をさせるの。か弱い女の人ばっかり。それでお巡りさんたちもパトロールを強化してくれているんだけど」

「それってわるいことだね」

蒼矢は顔を上げて高畠さんにきっぱりと言った。

「とーるのままにいたいことした、そいつ、わるいやちゅだ」

「ええ、そうなんだけど……」

「わるいやちゅ、やっちゅける！」

蒼矢は立ち上がり、翡翠の手を取った。

「おれ、やっちゅける！　どうやってはんにん、みちゅけるの？」

「いや、蒼矢。そういうのは大人に任せた方がいい」

「あらあら、ごめんなさい。そんな危険な悪い人がいるから気をつけてねとご報告にきただけなのに」

翡翠も高畠さんもなだめたが、蒼矢は聞かなかった。

「やだ！　ぜったいみちゅけてやっちゅけるんだ！」

蒼矢はそう言うと、すぐさま梓のもとに駆けつけ、澄の家に行きたいとねだった。

「とーる、ままがいなくておうちたいへんかも。おれ、おてちゅだいいく！」

「そうだねぇ……」

蒼矢が澄に懐いていることを知っていた梓は、翡翠が一緒なら、と快く送り出してくれた。

「一度家に寄って、冷凍庫から冷凍したハンバーグのたねをパックにいれて持って行ってあげてください。フライパンで焼けばいいだけなんで。蒼矢が余計なことをしようとしたら止めてくださいね」

翡翠にきっちり約束させ、喜多川家の晩ご飯のおかずまで提供してくれた。

そんなわけで翡翠と蒼矢はハンバーグを持って喜多川家にやってきた。

「わあ、おかまいなく……と言いたいところですが、助かりました。梓くんのハンバーグ、前に食べたけどおいしいんですよね。ここんとこ、出前に持ち帰りにカップ麺だったんで」

喜多川家の玄関に入ったとたん、主婦がいない弊害というのが目の当たりに見える。几帳面な喜多川夫人はいつも入り口の花の手入れを欠かさず、玄関もきれいにしていた。

だが、玄関前の鉢植えは元気がないし、ドアを開けて入ったとたん、散らかった靴や、重なっている段ボールを見ることになった。スリッパも八の字になっていたり、裏を見せていたりする。

「どうぞ、入って」

案内されたリビングもどこか雑然としていた。別にゴミだらけというわけではないのだが、テーブルがほんの少しずれていたり、ソファカバーがめくれあがったままだったり、シャツが数枚、床に置いたままになっている。

「いや、今まで母親がどんなに家の中に目を配ってたかよくわかりますよ」

澄は床に落ちていたシャツをあわてて拾い上げて言った。

「ちょっと台所も見せろ」

「あ、いや、そこは……」

覗いたキッチンの流しに食器が溜まっている、ということはなかったが、そのかわり水切りに食器が積み上げられていた。拭いて仕舞う、ということを家にいる男二人は知らないらしい。

ビニール袋もそのままに置いてあるし、流しのタオルもぐしゃぐしゃのままだった。床に輪ゴムや爪楊枝《つまようじ》など、小さなものが落ちているのも翡翠は見てとった。

「……澄はもう少ししっかりしていると思ったが」

翡翠が言うと澄は恥ずかしそうに身を縮めた。

「僕ももう少しできると思ってたんですが……父親も今までキッチンをいじったことがないと言って手をつけないんですよ」

「おまえたちは少し修行した方がいいぞ」

翡翠はそう言ってソファカバーを直して腰を下ろした。

「とーる、おれたちはんにんちゅかまえるの」

蒼矢が澄の入れてくれたカルピスのグラスを抱えながら言った。おそらくこのグラスを使ってしまうと、あとは茶碗で飲むことになるだろう。

「犯人?」

「とーるのまま、けがさせたやちゅ」

「え?」

「実は喜多川夫人だけではないのだ、犠牲者は」

翡翠はそう言って高畠から聞いた話をした。もう四人も電動キックボードにぶつけられたと知って、澄は顔色を変えた。

「まさか、同じ人間ですか?」

「同じ町内で同じような事故が別々な人間によって起こされたと考えるほうが……無理があると思う」

確かに……と澄はうなずく。全く別な四人の人間がキックボードの事故を起こす確率なんて計算するまでもない。

「じゃあ、事故じゃないんですね。わざとぶつかっているんだ」

「そう。だからちゅかまえるの」

蒼矢は飲み干したグラスを力強くテーブルに置いた。

「澄、母親からどんな人間だったか聞いていないか？　顔は見てなくても体つきとか服装とか」

「それが……」

暗がりでぶつけられ、動転してなにも見ていないと母親は言った。

「だけど、ぶつかったとき、相手がずいぶん分厚い感じだったと」

「分厚い……太っているということか？」

「ぷくぷく？」

翡翠と蒼矢の問いに澄は首をかしげた。

「そうなんでしょうか。転倒したとき、見えたのは灰色のフードのある服……パーカーだったとか。これは警察にも言ってあるんですが」

「ぶつかった場所、わかるか？」

「ちょっと待ってください」

澄は二階にあがり、しばらくして戻ってきた。手にはパソコンからプリントアウトした、この町内の地図を持っている。

「ここです。この辺りには防犯カメラがないと警察が言ってました」

「時間は？」

「一四時過ぎでした。昼間で明るいけど、人通りが少ない道で」

翡翠は地図に印をつけて一四時と書き込んだ。

「わかった。高畠さんが他の被害者から話を聞いているから、この地図に他の現場を書き込んでみる」

「と－る、おれ、ぜったいはんにんみちゅけるかんね！」

「ありがとう。でも危ないことはしちゃだめだよ？」

「へーき！　あぶないときはとんでにげりゅ！」

「町中で飛んじゃだめなんじゃないかな……」

澄に挨拶をして喜多川家を出たあと、三波家に寄った。インターフォンを押すとすぐに高畠が顔を出す。

「あら、もう喜多川さんちに行ったの？　すごい行動力ね。でもあたしも近藤さんと久我山さんのところに行って話を聞いてきたのよ」

そちらもすごい行動力だと翡翠は感心する。

「灰色のパーカーで分厚い男！　なるほどね！」

高畠は翡翠から話を聞いて手を叩いた。

「後藤さんちのおばあちゃんはぶつかられるまえに避けたんだけど、そのとき手をついて軽い捻挫《ねんざ》になったのよ。でも自分のミスだと思ってたからお嫁さんに話をしただけだったのね。あたしが他の事件の話をしたら驚いてたわ。それでやっぱり同じ。灰色の服だって言ってたわ。分厚いはともかく大きかったたって」
「やはり同一人物の可能性がありますな」
高畠は思い出すように額に手を当てた。
「ええっと、久我山さんも大きな影っておっしゃってたわ。久我山さんは背中にどんって
ぶつかられて倒れて額を切ったのよ。しわが一本増えたって笑ってらしたけど、笑いじわ
以外は増やしたくないものよ、ひどい話だわ」
「わるもんだ！」
「そうねえ、悪者よねえ」
ぷんすか怒る蒼矢の頭を高畠がゆっくり撫でる。ふんわりした細い髪の毛が指の間を滑
る感触を楽しんでいるようだった。
翡翠は高畠が二人の女性から聞き出した場所と時間を地図に書き込んだ。どちらも午後
の明るい時間だ。
「あらあら、こんな地図用意してくれるなんてやるじゃない。え？　澄くんが？　さすが
大学生は頭がいいわね。さて、やっぱりこの周辺よね。昼間だけど人気《ひとけ》も防犯カメラもな
いところを確実に選んでいるわ」
池袋には細い路地がいくつもある。犯人はその路地から出て女性たちを襲っているらし
い。

「土地勘があるってやつですか」

「近所にそんな人がいるなんていやねえ」

「どうやって捕まえましょうか……」

そこに蒼矢が身を乗り出して、パン、と地図を押さえた。

「おれ、しってるよ！　こういうときの」

「え？」

「こないだ、コスモガイアンでやってた」

コスモガイアンというのは超星戦記《ちょうせいせんき》コスモガイアンという四月からの特撮番組だ。オーガミオー、ガイアドライブと続くシリーズもので、すでに子供たちは主題歌をソラで歌える。

「おとりさくせん！　おびきだしてやっちゅける！」


子供たちの一日というのは大体ルーティンが決まっている。

朝ご飯のあと、公園に遊びに行く。

帰ってきてお昼ご飯、それからお昼寝。

また公園に遊びに行き、お買い物がある場合はそのまま、ない場合は家で晩ご飯まで遊ぶ。

お昼寝は通常三時くらいまでなのだが、その日、蒼矢は二時前に起きてきた。

「どうしたの？　蒼矢。お昼寝もういいの？」

目を擦りながらふらふらふらしている蒼矢に梓は怪訝な顔をした。蒼矢の服を着替えさせている翡翠が慌てて言う。

「あ、ああ。実は羽鳥梓。蒼矢は今日も澄の家に行く約束をしていたのだ」

「そうなの？」

聞き返す梓に蒼矢はこくりとうなずいてみせる。まだ少しねぼけまなこだ。

「昨日、ハンバーグを届けたときにそんな話になってな。昆虫図鑑を見せてくれるそうだ。今日澄の家に新しいものが届くのだとか」

翡翠はしどろもどろに言い訳する。今日、高畠と囮《おとり》作戦を決行するのだが、蒼矢が絶対自分も行くと言い張って聞かなかったのだ。しかし梓に知られれば絶対に止められる。

「ひーちゃん、おねがい！」

蒼矢は翡翠にとりすがって言った。

「おれもつれてって！」

翡翠が子供たちのお願いを断れるわけもなく、一緒に行くと約束してしまった。

「でもそんなに毎日じゃお邪魔なんじゃないかな」

嘘だと知らない梓は常識的にためらう。

「あじゅさ、とーるがはんばーぐうれしいってゆってた。あじゅさのはんばーぐおいしいからって。とーるんち、かっぷめんのから、いっぱいあったよ」

蒼矢は聞いたまま、見たまま素直に言っただけだが、その言葉は梓の自負心を心地よくくすぐった。

「そ、そうかー、澄さん大変だな。じゃあ今日はコロッケのたねを……いや、揚げ物はむずかしいか。フライパンでつくれる春巻きにしようかな」

梓は再び冷凍食品の作り置きをタッパーにつめた。

「あまりお邪魔しないようにね？」

「あーい」

蒼矢と翡翠はこっそりと親指を立てあう。タッパーの入った保冷バッグを持って家を出ると、喜多川家へ……ではなく、三波家に向かった。

「いらっしゃい！　うまく抜け出してこれたわね！」

勝手口から出てきた高畠が、蒼矢の頭を撫でて歓迎した。

「これから囮作戦開始ね」

「その前にこの冷凍食品、そちらで保管していただけますか？」

翡翠は高畠に保冷バッグを渡した。

「家から出る便宜上、澄に冷凍食品を渡すという話になったんですよ」

「あらあら、澄くんおダシに使われちゃったのね」

高畠が笑ってバッグを受け取った。

「とーる、おだしなの？　おなべになるの？」

蒼矢が首をかしげたので二人は大笑いする。高畠は保冷バッグの中身を冷凍庫へしまってくると、カートを持って外へ出た。

「だけど、高畠さんが囮なんて大丈夫ですか。犯人はどこから現れるかわからないんですよ？」

三人は地図を持って犯人が出そうな細い路地のあるあたりに進んでみる。翡翠はきょろきょろと辺りを見回した。

「大丈夫よ、現れたらすぐに止めてちょうだい」

高畠はカートに両手をかけると大げさなほど腰を曲げた。

「どう？　おばあちゃんに見える？」

「みえる！　おばあちゃんだ！　たかはたおばあちゃん！」

蒼矢は手を叩き、高畠は眉をはねあげた。

「ちょっと複雑な心境だけど、まあいいわ。このあたりを一往復するから翡翠さんたちは隠れてて」

「はい」

翡翠は蒼矢を抱き上げるとブロック塀に身を潜めた。顔だけ出して覗き見ると、高畠が老婆のフリをしてよちよちと歩く背中が見える。

ひとつの路地を通り過ぎると翡翠と蒼矢はその路地まで移動し、また身を潜めた。

高畠はときどき途中で止まると、背を立てて腰をトントンと叩く真似までしている。

「はんにんくるかな」

蒼矢は高畠の背中から目を離さず呟いた。

「来たら私が凍りづけにしてやる」

「おれだってびゅーってふいてやるもん」

高畠が進む。翡翠と蒼矢はそのあとをこそこそと追った。三ブロックほど進んだとき、

「……ちょっと」

背後から低い声がした。びっくりして振り向くと、薄いコートを着た目つきの厳しい男が二人、立っている。目つきが鋭く、今にも襲いかかってきそうな――。

「話を聞きたいんだが……」

「わるもんだ！」

蒼矢が甲高く叫び、同時にゴオッと突風が吹いた。

「わあっ！」

男たちのコートが巻き上げられる。路上の砂がその顔に吹き付けた。目に砂が入り込んだのか、男たちは顔を覆って叫ぶ。

「ひーちゃん！　やっちゅけろ！」

「おお！」

翡翠が両手をあげるとバシャアーン！　と大量の水が男たちの頭上を襲った。

「ひええっ！」

「わああっ！」

水圧で地面に倒れた男たちの腕や足がパリパリと凍り付いていく。

「捕まえたぞ！　キックボードの犯人！」

翡翠がその背中に乗って叫ぶと向こうからバラバラと人が二人、三人、走ってきた。

「ひーちゃん！　おまわりしゃんきた！」

蒼矢の言うように駆けつけてきたのは制服制帽の警察官だ。

「おお、これはこれは！　パトロールされているということでしたな」

翡翠は自信満々の顔で立ち上がった。

「犯人を捕まえましたぞ！」

ピリピリピリピリッと警笛《けいてき》が鳴らされる。警棒《けいぼう》を抜いた警察官は、さっとそれを翡翠に突きつけた。

「大人しくしろ！」

「抵抗するな！」

「――え？」

翡翠と蒼矢はぽかんと警官を見た。

一人が地面に凍り付いている男を起こそうとする。

「大丈夫ですか！」

「あ、おい、それは犯人――」

「こちらは刑事さんだ！」

伸ばしかけた翡翠の手が、所在なく空《くう》を掻く。

「刑事、さん……？」

「わるもんじゃ……ないの？」

蒼矢はなんとか起き上がろうとしている男性二人を見て正直な感想をのべる。

「だって、おかお、こあいよ？」

路地の奥からカートを押しながら高畠がものすごい勢いで走って戻ってきた。

「あらあらあらあら！　なんてことなの！」

制服の警官、目つきの悪いコートの男、うろたえた顔の翡翠と蒼矢。

一瞬で状況を見て取った彼女は、警官と翡翠の間にドリフトでカートを割り込ませた。

「これにはわけが……っ。翡翠さん、逃げてー！」

「す、すまない、高畠さん！」

翡翠は蒼矢を抱き上げると、ぽんと路地の塀に飛び上がった。

「あっ、こらまて！」

警官と刑事が叫ぶがそのときには屋根に飛び上がり、隣の庭に飛び降りていた。

「わけを、わけを説明しますからー！」

高畠の悲鳴が聞こえている。その声を耳にしながら翡翠はすたこらとその場を離れた。

三

「はあ……さんざんお説教されちゃったわ」

しばらくして三波家に寄ると、高畠がぐったりとした様子で顔を出した。勝手口からキッチンに通してもらい、そのあとのことを教えてもらった。

香りのよい紅茶を翡翠に、蒼矢にはカルピスをだしてくれる。

「翡翠さんはあたしの甥《おい》ってことで、あたしから厳重に注意するってことでお見逃ししてもらったんだけど……」

「すみません。助かります」

このことが梓や紅玉にばれたら水が涸れるまでしぼられたことだろう。翡翠は感謝して頭をさげた。

高畠は冷凍庫にいれておいた冷凍食品を保冷バッグに入れて翡翠に返した。

「まあ、キックボードの犯人を捜している、善意ゆえの行動ってことで……。でも危険だからやめるようにって」

「おれたち、はんにん、ちゅかまえられないの？」

蒼矢が不満そうに頬をふくらませる。

「警察の人も一生懸命捜索しているから、邪魔をしないようにって言われたのよ」

「おじゃまじゃないもん！　せいぎのみかただもん！」

蒼矢には納得いかない。ぶくぶくぶくっとストローでカルピスを吹いて不満の意を表明する。

「とーるのまま、けがさせたやちゅ、つかまえるんだもん！」

「そうよねえ。でももう少しやり方は考えましょう」

蒼矢の頬はぱんぱんに膨らみ、今にも破裂しそうなほどだ。

「そういえば翡翠さん、警察の人があの凍り付く仕掛けについて聞いてたわ。すごいわねえ、どうやったの？」

「え、あ、あれはその、えっとほら、水に塩を入れると凍りやすいじゃないですか。なので塩化《えんか》ナトリウムをどうのこうのしたものなんですよ、百均の材料でつくれるのですよ」

「まあ、そうなの！　すごいわねえ」

翡翠の必死の言い訳に、高畠は単純に感心していた。

その後、蒼矢と翡翠は改めて喜多川家にタッパーを届けた。

部屋の中は昨日より少しは片付いている。なんといっても水切りの中に食器が重なっていないのがすばらしい。

翡翠がそう言うと、澄は眉を寄せて情けない顔をつくる。

「でもお皿を拭いているとき一枚割れてしまって……今から母親の帰宅が怖いです」

「ま、まあ何事も一朝一夕にはならずだ。がんばれ！」

「はい……」

「おれもおーえんしてるぞ、とーる」

「う、うん。努力する」

精霊と神様の子供に応援され、澄は悲壮な決意で拳を握った。

それから数日経った日曜日のことだ。

再びキックボードの事故が起こってしまった。今度その話を教えてくれたのはマドナちゃんのママだった。

「おはようございます、今村《いまむら》さん」

朝、公園にやってきたマドナちゃんのママに梓が挨拶をすると、ママはにこやかなまま早足に近寄ってきて、挨拶も抜きに話し出した。

「梓さん、聞いて！　中島《なかじま》さんが——優翔《ゆうしょう》くんのママがキックボードにひき逃げされたんですって！」

「なんで！」

蒼矢は公園のジャングルジムの一番上にいたが、マドナママの甲高い声はよく聞こえた。

驚きのあまり一番てっぺんから飛び降りてしまったが、運良く誰にも見られてなかった。

蒼矢はダッシュでマドナママに駆け寄った。

ママのそばにはマドナちゃんとセリアちゃんが手をつないで立っている。二人ともフリルのついた優しい色のブラウスに、デニムのジャンパースカートを身につけ、とてもかわいらしい。だが蒼矢にはそのファッションも目に入らなかった。

「ゆーしょーのまま、どうしたの!?」

「ああ蒼矢ちゃん」

蒼矢が優翔と仲良しなのは、公園に来ているみんなが知っていた。

「キックボードに乗ってる人にぶつけられたのよ」

「それって喜多川さんのおかあさんのときと同様の事故ですよね？」

梓が言うとマドナちゃんママは驚いた顔をした。

「まあ、喜多川さんの奥さんも？」

「まさか中島さん、入院されたんですか？」

「いえ、そこまでじゃなかったみたい。おうちにいらっしゃると思うわ」

「これで五人目か……」

マドナママと梓の足の間にいる蒼矢はぎゅうっと拳を握った。

「そうやちゃん、どうしたの？」

マドナちゃんが蒼矢の腕をとったが、それにも気づかずに地面を睨みつけている。

（やっぱりおまわりさんにおこられても、みつければよかったんだ！）

「ゆーしょー……ママけがして、ないてるかな」

蒼矢はマドナちゃんの顔を見ずに呟いた。マドナちゃんはそんな蒼矢の横顔に、大人のようなまなざしを向ける。

「そうやちゃん、ゆうしょうくんとなかよしだもんね」

「おれがはんにん、みつけてれば……」

「だいじょうぶ、おまわりさんがさがしてるよ」

マドナちゃんはぎゅっと蒼矢の両手を握ったが、蒼矢はその手を振り払った。あっとマドナちゃんが傷ついた顔をする。

「あじゅさ、おれ、ゆーしょーんとこ、いきたい！」

梓はあわててマドナちゃんに「ごめんね」と言ったけれど、マドナちゃんはぷんとむくれて妹の手を引いて離れて行った。

「蒼矢……」

蒼矢の行動をたしなめようとした梓だったが、悔しそうな顔に言葉を飲み込んだ。親友を思う蒼矢には気持ちに余裕などないのだ。

「ゆーしょー、きっとないてる。おれ、ゆーしょーんちいきたい！」

「そうだね、わかったよ。一度おうちへ帰ったら優翔くんのところへ行ってみよう」

梓は蒼矢と二人で優翔くんの家があるマンションへでかけた。他の子供たちは紅玉と翡翠に頼み、お見舞いのお花を買って行く。お昼前だったから食べ物ではないほうがいいと思ったのだ。

インターフォンを押すと、意外にも優翔ママがドアを開けてくれた。

「大げさに伝わっているようですけど、転んでちょっとひねっただけだったんですよ」

優翔ママは湿布《しっぷ》した手首を振って笑って答えてくれたので、梓も蒼矢もほっとした。

「おっす、そうや」

優翔くんもママの後ろから顔を出し、蒼矢に手を振った。いつもと変わらず元気そうだが、公園に行かずママのそばについているということは、幼いながらも心配しているのだろう。

「ゆーしょー、だいじょうぶ？」

「うん……でもママ、いたかったみたい」

二人はベランダに座り込んで話し合った。

「おれ、ぜったいはんにんみちゅけるからね」

「でもおまわりさんもさがしてるよ」

「おまわりさんよりさきにみちゅける！」

蒼矢の厳しい顔に、優翔くんは気圧《けお》されたようにうなずいた。

部屋の中では梓が優翔ママと話をしている。窓は少し開いていたが声が聞こえるほどではない。

「……」

蒼矢は部屋の中を見つめ、ふっと息を吹いた。すると、ひゅうと弱い風が吹いてきて子供たちの前髪を撫であげる。

急に部屋の中の大人二人の声がベランダにまで届くようになった。蒼矢が風を操り、声を自分たちにまで届けているのだ。

「……犯人は見たんですか？……」

「……後ろ姿だけ。灰色の服の男の人……事件が多いせいで、町内で防犯のパトロール隊も組まれることになったそうなの……」

「……ひと気の少ないところを狙うって……」

「……私がぶつかられたところも、ほら、角を曲がると昔っからの喫茶店があるでしょう？　あそこの先の路地出たところで……」

蒼矢はそこまで聞くと、今度はすうっと息を吸った。途端に風は吹きやみ、室内の声は聞こえなくなる。

「ゆーしょー、まっててね」

「うん……」

蒼矢はベランダから部屋の中へ駆け込んだ。優翔くんには今蒼矢がなにをしたのかわからない。

ただ、蒼矢は言ったことを絶対に守るだろうということだけは、わかっていた。

蒼矢は梓と一緒に優翔ママが怪我をした場所までやってきた。

どうしても現場を見たいと「必殺地面を転げ回るダダこね」まで披露《ひろう》した結果、もぎとった勝利だ。蒼矢としてはこの技は子供じみていてやりたくはなかったのだが。

「喫茶店の先の路地……ああ、確かにこんなところから急に出てこられたら避けられないなあ」

そこは片側がブロック塀、反対側は背の高い生け垣で、人が二人すれ違うのがやっとの小さな路地だった。普段は猫だけが歩いている。

梓は後ろを見て、前を見た。誰も通らない。駅前の大通りなどは人が波のように集まっているのに、同じ池袋とは思えない。

「あじゅさ、さくらがいるよ」

蒼矢はあごをあげて上を見上げた。桜の木が家のブロック塀から伸びて、道に白い花びらを落としている。

樹木なのだから「あるよ」が正しい言い方だが、植物と親しい蒼矢は彼らも人のように扱う。

「ほんとだ、きれいだね」

「おれ、ちょっとおはなししてみる」

蒼矢はふわりと地面から浮き上がった。塀から伸びている枝に手を触れさせる。

「あ、蒼矢」

「ちょっとまってて、あじゅさ」

蒼矢は枝にこつんと額をあわせ、桜の木に問いかけた。昨日ここで起こったことを知っているかと。

やがて蒼矢は下に降りてきた。

「さくら、みてたって。はなびら、はんにんのフードにおちたってゆってる」

「蒼矢、犯人って……」

「こっち！」

蒼矢は叫ぶといきなり駆けだした。梓は驚いてそのあとを追う。

「ちょ、ちょっと待って、蒼矢！」

「おれ、さくらわかる！　はんにん、ちゅかまえんの！」

「そ、蒼矢！」

蒼矢の脳裏には一枚の白い花びらが浮かんでいる。犯人のフードに入り込んだ桜。まるで車のテールランプのように白い軌跡を描いて道の上を進んでいく。

「蒼矢！」

梓がようやく蒼矢の腕を掴んだとき、目の前にけっこう築年数の経ったマンションがあった。ベージュのタイルが貼り付けられ、入り口はやや低めのアーチになっている。

「ここ、」

蒼矢ははあはあと息を荒げて梓を振り仰いだ。

「さくら、ここ、はいってった」

「入ってったって言っても……」

築年数は経過しているが入り口はオートロックだ。無断で入るわけにもいかない。

「ここにいるよ、はんにん！　おへやもわかる！」

「そうかもしれないけど……」

勢い込んでいう蒼矢とは違い、梓は躊躇《ちゅうちょ》するしかない。

フードに入った桜の花びらだけで犯人を特定するのは難しい。今の時期、桜などどこでも舞い散っている。

蒼矢には区別がつくかもしれないが、証言が桜の木自身というのでは警察にも取り合ってもらえないだろう。

第一、知らないとしらを切られたらどうしようもない。

「蒼矢、とりあえず一回戻ろう。他の人の知恵も貸してもらうから」

蒼矢は不満そうな顔をしたが、なにかに気づいたらしくぱっと振り返った。

「じんちょうげだ」

「え？」

マンションの入り口の植え込みに、確かに沈丁花《じんちょうげ》の低木が生えている。まだ咲き始めだろうに香りは強い。

蒼矢は沈丁花に走り寄ると、身を屈め、なにか話しかけるように顔を近づける。

「蒼矢？」

「……わかった、かえる」

蒼矢は梓を振り返り、妙に聞き分けよく答えた。いったい何を話したのかは教えてくれない。

梓は蒼矢と手をつなぎ帰途についた。蒼矢は何度も沈丁花を振り返りながらついてきた。


「あ、梓ちゃん、そうちゃん、おかえり。なんや宅配便が届いとるで」

自宅に帰ると紅玉が小さな箱を渡してくれた。

「あっ、これって……」

梓にとって嬉しいサプライズ。熱心に集めていた春のパン祭りの景品が届いていたのだ。

「やった！　白いお皿だ！」

「へえ、これがパン祭りの景品かあ」

「初めて手にしましたよ！」

梓は花びらの形をした皿を両手に持って掲げたり、写真をとって母親にメールしたり、その喜びように何も知らない子供たちも一緒に喜んだ。

「あじゅさ、よかったねえ」

「おさら、きれいねえ」

女の子たちにはお花の形をした皿が大好評だ。

「十枚切りがなかったときには絶望したけど、ロールパンにしてよかったー」

梓は皿を居間のコタツの上に置いた。けっこう薄いのに本当に世間で言われるように丈夫なのだろうか？　しかし試して割ってしまってもつまらない。

「まあ使っているうちに落とすこともあるだろうけど」

「落とすこと前提なのか？　羽鳥梓」

翡翠が呆れたように言う。

「いや、丈夫丈夫って言われてるんで気になるんですよ」

梓は照れ笑いした。この時点で梓の頭の中にはキックボードの犯人のことは抜けてしまっている。

「さあ、みんなお昼ご飯にしようか」

四

「ひーちゃん、ひーちゃん」

昼食が終わり、居間の隣の寝室でお昼寝していた蒼矢が、一緒に横になっていた翡翠を揺り動かした。

「おお、どうした蒼矢」

「しい……っ」

蒼矢は口に指を当てて周りに目をやった。朱陽も白花も、当然玄輝も眠っている。

「いっちょにきて……おそと、いくの。はんにんがうごいたの」

「は、犯人？」

「きっくぼーどのはんにん……じんちょうげにたのんどいた」

蒼矢はくんくんと空気の匂いを嗅ぐ素振りをする。確かにどこからか沈丁花の香りが漂ってきていた。

「どういうことだ？」

質問ばかりで動いてくれない翡翠に、蒼矢はいらだって小さな手で胸を叩いた。もう少し話すのが達者なら、最初から説明できるのだが、蒼矢にはまだ順序立てて話すことが、できなかったのだ。

「いーから！　おそと！　はんにんつかまえられなくなる！」

切羽詰まった様子に翡翠は訳がわからないながらも立ち上がってくれた。蒼矢を連れ出すためにこのところ何度かつかった「澄くん」を利用する。

「羽鳥梓、実は蒼矢が澄の家に行きたいとごねているのだがな」

「ええ？　また？」

蒼矢はこくこくと何度も首を動かすと、

「きょうのやきそばおいしかったから、とーるにもっていきたい」

と答えた。今日のお昼は具だくさんな海鮮焼きそばで、中華鍋にたっぷり作ったため、まだ残っている。

澄の家にいくならお見舞い。お見舞いなら梓のご飯、という図式が蒼矢の中にできあがっている。お昼が焼きそばだったのはラッキーだった。

「うーん、そりゃあ今日のは美味しくできたと思うけど……」

梓はキッチンに入ってなにかごとごとやっていたが、やがて白いお皿にたっぷり焼きそばを盛り、ラップをかぶせたものを持ってきた。

「パンまつりのおさらだ！」

蒼矢が気づいて叫んだ。梓はどこか自慢げにそれを翡翠に渡した。

「ちょうどいいサイズだったからね」

「そんなにパン祭りの皿をみせびらかしたいのか？　羽鳥梓。お前は全人類がパン祭り大好きだと思っているのか？」

呆れたように言う翡翠に梓は冷たい目を向けた。

「全人類がヘドラのフィギュアを欲しがっていると思っている人には、言われたくありませんね。もらって嬉しいのは断然こっちです」

ぐうっと翡翠が押し黙る。

「わ、わかった」

「焼きそば渡したらさっさと帰ってきてくださいね」

なんにしろ、これで家を出ることができる。翡翠は焼きそばの載った皿を胸に抱え、蒼矢と手をつないだ。

「よし、行こう。蒼矢」

「うん！」

道を行きながら、蒼矢は翡翠にこれまでの経緯をなんとか説明することができた。

優翔の母親が襲われたこと。その現場にいた桜の木に聞いて、犯人のパーカーに花びらが入ったと知ったこと。花びらを追ってマンションに辿り着いたこと。マンションの前にいた沈丁花に、犯人がキックボードを持って出てきたら教えてほしいと頼んだこと。

「沈丁花に頼む？　いったいどうやって」

翡翠は焼きそばの入ったお皿を両手に捧げ持った状態で走っている。

「かぜのみち、つくっておいた。はなのにおいでわかる」

「素晴らしいな、蒼矢。いつの間にそんな高等技術を！」

「おれは、ひび、しんかしてるのだ！」

蒼矢はお気に入りのアニメの主人公の台詞《せりふ》を叫んだ。

確かに蒼矢は風を使うのがうまい。それは風の精霊の翠樹《すいじゅ》のお墨付きだ。力が大きいというわけではなく、使い方のバリエーションが豊富で器用に操る。

教えられなくても自分で考えて作り出すのは想像力が豊かなせいだろう。

力の大きさだけで言えば、おそらく朱陽や白花の方が大きいのかもしれない。しかし彼女たちの力は感情に左右されることが多く、それを自身で恐れてか、あまり力を使いたがらない。

玄輝は秘めたものがあるのかもしれないが、大人たちが見ているときにはあまり力を使っていないのでよくわからない。

（一緒に育っているが成長は個々さまざまだな）

感心していた翡翠だが、ふとあることに気づき、あわてて蒼矢の背中に声をかけた。

「蒼矢、沈丁花に頼んだのは犯人がマンションを出たかどうかだけだろう？　どこへいったかはわからないのでは？」

それに蒼矢がにやっと笑みを返す。

「だいじょぶ。まだふくにさくら、くっついてる！」

「なるほど……」

だからこそ、キックボードを持っているときに、と条件をつけておいたのか。

犯人は再び犯罪を犯す。その現場を捕まえれば言い逃れができない。

言葉が足らず、そういう説明ができなくても、最初から蒼矢はそれを考えていたのだ。

はっと蒼矢が足を止めた。道の奥をじっと見つめる。

「さくら、こっちくる」

「なんだと？」

つまり犯人が近づいているということか。

「私に任せろ、蒼矢」

翡翠は焼きそばの載った皿を蒼矢に渡すと、一瞬で姿を変えた。そこには長い髪を風に翻《ひるがえ》したスレンダーな美女が立っている。

「犯人はいずれも女性を狙っている。この姿なら……」

翡翠は蒼矢に木の上に隠れるようにと言った。このあたりは庭持ちの家が多く、たくさんの庭木が塀から顔を出している。

蒼矢は焼きそばを零さないように一番背の高いケヤキの上に飛び上がった。枝がざわざわと葉を伸ばし、小さな姿を隠してくれる。

「もうじきでてくるよ、ひーちゃん」

「わかった」

翡翠はパンプスのかかとを鳴らしながらアスファルトの上を歩く。他には誰も通っていない。犯人には都合のいい状況だ。

（きた！）

ゴーッと電動キックボードの車輪が道を削る。灰色のパーカーを着てヘルメットをかぶった大柄な男が路地から飛び出し、翡翠の後を追った。

（ひーちゃん！）

（みてろ、蒼矢）

キックボードが速度を増す。まっすぐに翡翠が化けた美女の背中に向かっていった。

七メートル、五メートル、三メートル、一メートル……ぶつかる!!

バッシャン！

キックボードが背中にぶつかった瞬間、翡翠の体が弾けて消えた。犯人は大量の水をかぶり、悲鳴を上げた。

ギッと車輪が横滑りして、バランスを崩した犯人が地面に放り出される。キックボードは倒れたまま、塀にぶつかった。

「やった！」

木の上にいた蒼矢は歓声を上げた。しかし、犯人は素早く地面から起き上がるとそのまま逃げようとした。

「あっ、まて！」

蒼矢は思わず持っていた皿を男に向かって投げた。風の勢いに乗せ、ラップのかかった焼きそばの皿は回転しながら男の背に命中する。

「ぎゃっ！」

衝撃に男の足がもたもたっとよろけた。皿は跳ね返って電柱の下のゴミ袋の山につっこむ。

「捕まえたぞ！」

水溜まりから復活した翡翠が男を地面に押し倒した。

「貴様がこのあたりのご婦人たちを襲っていた人間だな！」

「な、なんだ、おまえ！」

ヘルメットの下で男が叫んだ。案外と若い声だった。

「離せ！　なんで邪魔するんだ！」

「うるさいぞ」

翡翠は冷たく言うと男の首を片手で押さえた。途端に男が白目をむいて気絶してしまう。人間の体は成人なら六〇％が水分でできている。逆に言えば体調は水分調整次第でどうにでもできるのだ。

「さて、どうしてくれよう」

蒼矢が木の上から飛び降りて翡翠のそばに駆け寄った。

「やったね、ひーちゃん！　けいさつ、つれてく？」

「いや、できれば目立つ真似はしたくない。いろいろ聞かれるのもごめんだしな」

翡翠はうーんと考え込んだ。

「よし」

その場にあったゴミ袋を開けると中からビニール紐を見つけ出す。それで後ろ手にくくり、電柱に縛り付けた。

そのあと塀にぶつかって倒れているキックボードを男の腹の上に置く。

『キックボード犯人』。

ボードのデッキと呼ばれる足を乗せる部分に、指先から出した墨でそう書いておいた。

「これで警察が対応してくれるだろう」

「なんかつまんなーい！　けいさつにひょーしょーじょーもらおうよ」

蒼矢が不満げに口を尖らせた。

「どうやってやっつけたか聞かれたら答えられん」

「そんなの、おさらぶつけたってゆえばいいじゃん」

蒼矢の答えを聞いて翡翠はさっと青ざめた。

「羽鳥梓のパン祭りの皿！」

あわててゴミ置き場を探す。ビニール袋をひっぱると、上に乗っていた皿がカランと音を立てて転がり落ちてきた。翡翠はそれを拾い上げ、目を丸くした。

「なんと……まったく無事だ」

「やきそば、なくなっちゃったね」

確かに乗せていた焼きそばは飛んだときに振り落とされていたが、白い皿にはヒビ一つ入っていない。

「羽鳥梓が自慢していた通り、頑丈《がんじょう》なものだ」

「ねえ、ひーちゃん」

蒼矢が犯人の前にしゃがみこんで言った。

「どうしてこのひと、あんなことしたんだろう」

犯人の顔は、声から想像したとおり若い男だった。おそらく梓より若いだろう。まだ学生のような顔をしていた。

「ふつうのおにいちゃんだよねえ」

「まあ確かにな」

翡翠は腕を組む。

「人間が悪の道に陥る理由はさまざまだ。誰しもが善悪の心をもっている。今日は善人でも明日は悪人かもしれない。親の前では善人でも他人の前では悪人かもしれない。この男にもこの男なりの理由があるのだろうが、それは決して他人を傷つけていいという理由にはならないはずだ。悪を発動させるまえに踏みとどまる――ほんの一瞬、そんな光が胸によぎればこの世はもう少し平和になるのだろうな」

「ひーちゃんのいうことわかんない」

翡翠の話は長すぎて最初の方から忘れてしまう。だけどひとつだけわかった。

「やってはいけないことはある」

蒼矢は立ち上がると男に顔を近づけて言った。

「もうやっちゃ、めっ、よ！」

終

キックボード事件は解決した。誰か知らないが犯人を捕まえてくれたのだという。電柱に縛り付けられていた犯人は警察に保護され、そのまま事情聴取となったらしい。

公園で、高畠さんからそのことを聞いて、梓は胸をなで下ろした。

女性ばかり狙われていたが、犯人が子供たちを襲わないと言えただろうか？　子供が傷つけられるのだけは許せない。

「浪人《ろうにん》中の学生さんだったらしいわ」

新聞記事にもネットニュースにもなっていなかったが、高畠は独自のネットワークで聞き込んできたらしかった。

「志望校に落ちて、ストレスが溜まっていたらしいのねえ」

自分のストレスのために他人に迷惑をかけるなんて最低だ、と梓は思う。誰だってストレスと闘っている。思い通りにならないことなんて日常だ。悪意で発散するしか知らないのは不幸だ。

「あら？」

高畠さんは公園の中を見回した。朱陽に白花に玄輝に紅玉……いつものメンバーの中に足りないものがいる。

「蒼矢ちゃんと翡翠さんはどうなさったの？」

「ああ、二人は留守番です」

梓はにこやかに答えた。

「お留守番？」

「はい。僕の大切な白いお皿をフリスビー代わりにしたというので、お仕置き中です」

あの日、近所の喜多川家にいくだけなのに妙に遅いのが気になって、梓も澄の家に行ってみた。すると二人は来ていないという。

話をしながらしばらく待っていると、やがて二人がやってきた。あの美味しかった海鮮焼きそばが乗っていない皿を持って。

「どういうことです」

静かに怒りを向ける梓に、翡翠と蒼矢はしどろもどろで説明し、キックボード犯人退治の顛末《てんまつ》を自白することとなった。

「危険なことはしちゃいけない、させちゃいけないって言ってますよね……」

地を這うような梓の声に蒼矢も翡翠もすくみあがった。

「だって、とーるのままとゆーしょーのまま、けがさせたやつ、つかまえたかったんだもん……」

「は、羽鳥梓の言うとおり、パン祭りの皿は頑丈だなあははは……」

直後に落ちた雷は白花の比ではなかったと後に翡翠は語った。

「あーあ、こうえん、あそびにいきたーい！　いきたーい！」

蒼矢は縁側から足をぶらぶらさせてわめいた。青空に白い雲。外遊びには最適な心地よい気温――。

なのに。

「愚痴《ぐち》るな、蒼矢。一日外出禁止で済んでよかったと思え」

「おれ、せいぎのみたかなのにー！」

「正義の味方は報われぬものだ」

ごろごろと縁側を転がる蒼矢に、庭の桜がひらひらと花びらを降らせる。優しくなだめられても蒼矢の機嫌は直らない。

「おそとあそびにいきたーい！」

蒼矢の声は花びらを揺らして高い空まで吹き上がっていった。

第五話

朱陽と帰りたいおうち

白花《しらはな》が老人ホームの清恵《きよえ》ちゃんとお友達になり、ホームへ出かけるようになったので、朱陽《あけび》も時々ついていくことがある。

白花はホームへ行っても清恵ちゃんや他のおばあちゃんとテレビを見ているだけなので、朱陽はレクリエーションルームでお手玉を教わったり縄跳びをしたり、ボッチャというボール遊びをしたりする。

大好きなのはスポンジボールをみんなでキャッチする遊びだ。

「朱陽ちゃんがきてくれるとおじいちゃんやおばあちゃんが元気になるわ」

ホームのスタッフさんがそう言ってくれた。おじいちゃんやおばあちゃんもいつも笑ってくれるので、朱陽は嬉しい。

「いっくよー」

朱陽は張り切ってボールを投げる。受け取って投げ返してくれる人がいるキャッチボールはいつまでも続けられる。

「あけびちゃーん」

別なおばあちゃんたちのグループに呼ばれた。キャッチボールをしている相手を見ると笑顔でうなずいてくれたので、そちらに走ってゆく。

「はい、おかし」

「あいがとー！」

「あけびちゃーん」

別なおじいちゃんからも呼ばれる。朱陽はすぐに飛んでゆく。

「じいじと一緒に将棋《しょうぎ》をしよう」

「あーちゃんわかんない」

「教えてあげるよ」

「あけびちゃーん！」

あっちからもこっちからも声がかかり、朱陽は走り回る。まるで何人もいるようね、と
おばあちゃんが笑った。

「あれえ……」

転がったボールを拾い上げた朱陽は周りをきょろきょろ見回した。

「どうしたの？　朱陽ちゃん」

一緒にボール投げをしていたおばあちゃんが話しかけてくる。

「あのね、だれかね、あーちゃんのことよんだの」

（たすけてえ……）とその声は言っていた。

朱陽はおばあちゃんを見て、レクリエーションルームの老人たちを見た。

「だあれ？」

「きっと塩尻《しおじり》さんよ。さっきから朱陽ちゃんと将棋をしたくて待ってるから」

「そっかー」

塩尻おじいちゃんには将棋の並べ方と動かし方を教えてもらった。まだ対戦にはほど遠いが、おじいちゃんは朱陽が前に座るだけでご機嫌だ。

「じゃあおじいちゃんとこ、いってくる！」

朱陽はおばあちゃんにスポンジボールをはいっと渡して走りだした。

またあるとき、朱陽はおばあちゃんたちとあやとりをしていた。つりばし、かわ、ふね、たんぼ……指を開いて返して摘まんで、一本の毛糸からいろいろな姿を作り出すのが面白く、熱中した。

そのとき、また誰かに呼ばれた。

朱陽はあやとりの指を止めて上を見上げた。声は上の方から聞こえた気がした。

(こわいよお……)

「どうしたの？　朱陽ちゃん」

じっと天井を見上げる朱陽におばあちゃんが声をかける。

「んとね、あのね、このうえ、だれがいるの？」

朱陽は天井を指さした。

「上？　二階ってこと？　ああ二階にはね、ちょっと動くのがむずかしいおじいちゃんやおばあちゃんがいるのよ」

「うごくの、むずかしいの？」

一階のレクリエーションルームはある程度動ける人たちが集まる。車椅子に乗っている人もいるが、頭はしっかりしていておしゃべりを楽しんだり、上半身を自由に動かすこともできる。

「そうなの。ずっと眠ったままの人とかね、ちょっと……お話しするのが難しい人とか」

「そういえば五十嵐《いがらし》さん、二階に移されたね」

別のおばあちゃんが声を潜めて言った。

「ああなっちゃだめよ。なに言ってるのかわかんないし……」

「口から食べられなくなったらもう……」

おばあちゃんたちがひそひそと囁く。朱陽はなんだか背筋がぞわぞわしてきて頭を強く振った。

「おにかいにもおばあちゃんたちいるの？」

「ええ、いるわよ。でも上には行けないの。身内しかあがっちゃだめなのよ」

「みうちってなあに？」

「家族ってことよ」

おばあちゃんが朱陽の質問に答えを返すと、その言葉にかぶせるように、他のおばあちゃんがひそひそ話す。

「でも五十嵐さんの家族、一度も面会に来てないわね」

「息子さんたち地方だっていうから」

その内緒話はどこか暗い感じがして、朱陽は不安になってしまう。

「あがっちゃだめなの……？」

朱陽は天井を見上げた。

「でも……だれかよんでるの……」


いつのことだったか、朱陽はスポンジボールを追いかけて廊下へ出た。ボールはころころと転がって、やがて止まった角に二階への階段があった。

朱陽は階段を見つめた。

「うえにいけるね」

ずっと誰かが朱陽を呼んでいる。それは声のようにも、見えない糸のようにも思えた。

（こわいよお……たすけてよお……）

「だあれ？」

朱陽は階段の上に向かって言った。返事はなかったが呼ぶ声が止まることはなかった。

朱陽はスポンジボールを持ったまま階段を上った。不思議なことに上っている間中、スタッフの誰とも行き会わなかった。

階段を上りきると、一階とは違うカラーリングの廊下に出た。

このフロアは静かだった。

一階はレクリエーションルームから元気なお年寄りの声が聞こえていた。

だが、このフロアは施設全体に流れている優しい曲調の音楽の他は、お年寄りのうめき声や寝言、スタッフさんが小走りに走る柔らかな足音しかしない。

（こわい……怖いよお……）

誰かが泣いている。

朱陽はスポンジボールを抱えて廊下で立ち止まり左右を見回した。

（怖いよお……怖いよお……助けてえ）

「だいじょぶよ、あーちゃんがいまいくからね」

このフロアは消毒液の匂いがする。それからなんだか甘いような金属的なような、いままで嗅いだことがないような匂いだ。

それは胃瘻《いろう》を受けている患者の吐く息だったり、尿や糞便《ふんべん》を消臭する薬剤の匂いだったりするのだが、朱陽にはわからない。

（たすけてよお……）

恐怖に震えるその声のもとに、朱陽はそっと近づいていった。

半開きになった引き戸のドアから、朱陽は顔を覗かせた。そこは一人部屋で、ベッドがひとつ置いてある。

「こにちはー……」

朱陽はスポンジボールを持ったまま、ベッドに近寄った。

「ううう……」

ベッドには真っ白な髪のおばあちゃんが寝ていた。その髪も半分ほど抜けて青白い地肌が見えている。

「おばあちゃんなの？　あーちゃんをよんだのは」

「ううう……」

おばあちゃんはうなされていた。さかんに首を振り、半分開いた唇は乾いて、白っぽくなった舌が見えている。

「おばあちゃん、なにがこわいの？」

朱陽は布団から出ているおばあちゃんの手をとった。

「こわいことないよ、あーちゃんがたすけてあげる」

ぎゅっと握って手の甲に額を押し当てた。

「いまいくよ……」

そのまま朱陽はうなされるおばあちゃんの夢の中へと入っていった。

そこは真っ暗で周りにはなにもなかった。

その暗い中をおばあちゃんが走っている。

「怖いよお、助けてよお」

その足下にスポンジボールが転がってきた。赤と黄色と緑のボールは、暗闇の中でも色がわかった。

おばあちゃんは立ち止まり、そのボールを拾い上げた。これは知ってる。前に元気だったとき、一階のフロアで触れたことがある。

「なんで、こんなのが」

今までこの暗闇でものの形がわかったことなどなかったのに。

「おばあちゃん、おばあちゃん」

声をかけられ、おばあちゃんは驚いて振り向いた。そこには赤い髪をした、まるまると健康そうな女の子が立っている。

「ああ、あんた、どこの子だい？」

「あーちゃんよ！　しーちゃんとあそびにきたのよ」

「あーちゃん？」

「そうよ、おばあちゃんはだあれ?」

「あたしはマキ子だよ」

「マキコちゃんがずっとあーちゃんをよんでたの?」

「よんでた?　あたしが?」

「こわいこわいってゆってたよ。マキコちゃん、なにがこわいの?」

「あんたあれが見えないのかい」

　マキ子は後ろを指さした。そこには牛の頭に蜘蛛の体の黒い怪物がいた。

「あれがずっとついてくるんだ。あたしをひき殺そうとしてるんだよ」

　言っているそばから怪物が動き、すごいスピードで向かってくる。

「あぶない!」

　マキ子は朱陽を抱いて転がった。

「ずっとずっと、あの化け物が追いかけてくるんだ」

「わかった、そんなのあーちゃんがやっちゅける!」

　朱陽の両手にスポンジボールが二つ、現れた。それがぼうっと大きな炎の塊《かたまり》になる。

「めぇ、つぶってて、マキコちゃん!」

　そう言って両手の火のボールを怪物に向かって投げつけた。怪物はボールを受けると紙のようにメラメラと燃え上がる。

「やったやった！」

朱陽は飛び上がって両手を叩く。

「もうだいじょぶよー」

「待って！　まだくるわ」

燃え上がる車を飛び越えて黒い奇妙な姿の大入道《おおにゅうどう》が現れた。たった一つの目をぎょろぎょろと動かして、抱き合うマキ子と朱陽を睨みつける。

「こんなのへっちゃらよ！」

朱陽が片手を大きく回すと、そこに炎の輪が現れる。

「えいっ！」

勢いよく腕を振って輪を大入道の首に投げつける。炎の輪は入道の首を締め上げ、全身に火が回った。

「はやくはやく！」

朱陽はマキ子の腕を引っ張り走り出す。

「こんなとこにいちゃだめよ」

「でも、どこにいけばいいのか……」

「あーちゃん、いいとこしってるよ！」

走っても走っても周りは暗いまま。そのうち、足下がびしゃりと跳ねた。

「あっ！」

水たまり、と思ったらたちまちそれが広がって朱陽とマキ子を飲み込んでしまう。

「溺れるわ！」

「だいじょぶ！　あーちゃんにおまかしぇ！」

朱陽は両手を差し上げた。するとその腕が翼になり、真っ赤に輝く朱雀《すざく》の姿が現れる。

「まあ……」

マキ子は驚いてその神々しくも美しい鳥を見つめた。

「さあ、いっくよー！」

マキ子を背中に乗せて朱雀ははばたく。たちまち水面を離れて空へと舞い上がった。

「でも、こんな真っ暗な中……いったいどこへいけばいいのか」

「だいじょぶ、きっとみつかるよ！」

朱陽はぐんぐん上昇した。どこまでも暗く、陰鬱《いんうつ》な空。重い雲があたりを塞いでいる。

「みつかる……？　なにがみつかるの？」

「いいとこ！」

「いいとこ……？」

「おばあちゃんのおうちだよ！　おばあちゃんのおうちをおしえて！」

「わたしのおうち……」

ホームに入る前に住んでいたのは都営のアパートだ。そこで夫を看取ったのだ。

雲の下にそのアパートが見えてきた。五棟並んだそっけない白い建物。八年も住んだだろうか？

最後は一人暮らしで寂しいものだったが、それでもお花のサークルに入って楽しくおしゃべりをした思い出もある。

「あのおうちにいく？」

朱雀が聞いた。マキ子は首を振った。

「あそこに帰っても仕方ないわ」

「じゃあ、べつなおうちにいくね」

雲の下にまた別の家が見えた。赤い瓦屋根の二階建ての家。あれは結婚してから住んだ家だ。

狭い家だけれど愛着はあった。毎日玄関を掃除した。子供が二人生まれ、いってらっしゃいとおかえりなさいを日々繰り返したものだ。

あの頃は景気がよくて夫もどんどん出世した。その代わり忙しく、夫が子供たちと遊ぶことはなかった。

だから私が子供たちと一緒に動物園や遊園地に行き、デパートの食堂でランチを食べた。下の子はいつもカレーとクリームソーダ。

でも中学生になったとき、それを注文したらこんな子供っぽいもの食べられるかって急に怒って席を立った。あれからデパートにいかなくなった。

ほとんど毎日判で押したような生活だった。穏やかで刺激もなく、掃除洗濯買い物料理……。

夫と記憶に残る会話をした覚えがない。嫌いではなかったが、たぶん特別好きでもなかったのだろう。

喧嘩《けんか》もしたことなかったわ。喧嘩するほど興味はなかったのかもしれない。時々テレビを見ながら同じタイミングで笑うことがあった。そういうときは夫婦だなと思った。

そんな相手でも何十年も連れ添うことができるのだから、人って不思議ね。

高校生になった頃から子供たちは二人ともあまり口をきいてくれなくなった。子供はそんなものだと思っても寂しかった。

だからパートに出たんだわ。近所のスーパー。そこで年下の課長さんと何度かデートしたっけ。

夫は全然気づかなかった。見合い結婚だったから、恋愛ごっこを楽しんだ、それだけだったのよ……。

「あのおうちにいく？」

朱雀が言った。マキ子ははっとした。

あのおうち？　あの家にいけば夫と子供がいるのだろうか？　死んでしまった夫、全然面会にきてくれない子供。遠いから仕方がないけど、夫が死んだときも、葬式が終わったらそそくさと帰ってしまった。

マキ子は赤い屋根を見つめて首を振った。

「ううん、いいの。あそこにはもう誰もいないのよ」

「じゃあつぎのおうちにいくね」

雲の下にまた家が見えてきた。

あれは独身の頃住んでいたアパートだ。初めての一人暮らしをした部屋。

自分の好きなカーテンを選び、自分の好きな服でクローゼットを満たした。でも四年くらいしか住んでなかった。

楽しかったはずだがあのアパートも町のこともあまり覚えてはいない。

マキ子は首を振った。すると朱雀はぐんっとスピードを上げた。分厚い雲を通過するとき、マキ子は思わず目を閉じた。

「おうちがみえてきたよ？」

それは広い田んぼの真ん中にある、大きな平屋だ。

「え……？」

あれは。

「私が子供の頃に住んでいた家だわ」

家は米農家だった。一年中田んぼの世話に追われる生活がいやで、高校を卒業して上京した。会社に入って二度と土に触れない生活をしたかった。

古くて、お風呂が外にあって不便で、冬は寒くて雪が降ると襖が閉まらなくなる。近所は田んぼの向こうで、バス停まで三〇分もかかる、大嫌いな家だった。でも。

「おにわにいぬがいるよー」

「のんた！」

庭に耳の垂れた白と茶色の犬がいる。それがこちらを見上げてわんわん吠えていた。

「のんた、のんただわ！」

マキ子は朱雀の背中の上で身を乗り出した。

「おばあちゃんのいぬ？」

「ええ、そうよ。あ、お母さんがいる！　お父さんも、おじいちゃんも、おばあちゃんもいるわ！」

朱雀の上でマキ子の姿が変わってゆく。白髪が黒く、豊かになびき、しわだらけの頬はふくよかに、点滴を打たれてしみだらけの細い腕はふっくらと、ブルーのパジャマはかすりの着物に変わっていく。

マキ子は小学生くらいの子供に戻っていた。

「哲朗《てつろう》兄ちゃんもいる！　富美《ふみ》お姉ちゃんもいる！　さっちゃん、けいちゃん、あいちゃん……」

みんなが庭で手を振っていた。

「あのおうちがいい！　あのおうちにもどりたい！」

「わかった」

朱雀は翼を力強く羽ばたかせ、田んぼの真ん中の家に急降下した。

わんっと犬が吠えて駆けよってきた。

「のんた！」

飛びつかれ、顔中なめ回される。マキ子は尻餅をつき、悲鳴を上げながら笑った。

「マキ子！　マキ子！」

父が、母が、祖父が、祖母が、兄弟たちが、幼なじみが。

みんな、みんなが駆け寄ってくる。

「よくきた、よく帰ってきた」

「お帰り、お帰り」

「会えてうれしいよ」

マキ子はみんなの輪の中で泣きながら言った。

「ただいま……ただいま、みんな」

家族を抱きしめると青々とした草を含んだ土の香り。子供の頃、大嫌いだったこの匂い。でもこの匂いの中で育ってきた。自分の一部だったのだ。

「ああ、うれしい」

(もう、こわくないね)

真っ赤な翼の朱雀がそう囁いた。

「うん、もうこわくない」

(よかったね……マキコちゃん)

懐かしい土の匂いに包まれて、マキ子は安らかに目を閉じた。


「まあ、朱陽ちゃん。こんなところに」

「どうやってきたのかしら」

五十嵐マキ子の病室でぐっすり眠り込んでいる朱陽を見つけたのは看護師だった。

梓《あずさ》と白花と一緒にきたはずの朱陽がいなくなり、みんなで探し回っていたのだ。

「あら、五十嵐さん、笑いながら寝ているわ」

「ほんと。いつもうなされているのに……朱陽ちゃんの手をしっかり握って」

看護師が朱陽を抱き上げた。朱陽もまた満足そうな笑みを浮かべて眠っていた。

数日後、再び朱陽と白花を連れて老人ホームへ遊びに来た梓に、ホームのスタッフがこっそりと言った。

「不思議なんですよ。このあいだ朱陽ちゃんが入り込んだ部屋の……五十嵐マキ子さんていうんですけど、その方が……」

朱陽と白花はホームへついたとたん、レクリエーションルームへすっとんでいき、おじいちゃんやおばあちゃんに囲まれている。

「その方、今朝方亡くなられたんですが、最後に目を覚ましたとき、あの子どこ？　って聞いたんです。それからありがとうって。とても穏やかに逝《い》かれました。朱陽ちゃんのおかげじゃないかしらってみんな言ってます」

「そうなんですか」

梓はルームの中にいる朱陽を見つめた。朱陽はおじいちゃん相手に元気いっぱいボール投げに興《きょう》じている。

「朱陽も言ってました。マキ子ちゃんと楽しく遊んだって……そんな夢を見たって」

「そうですか」

スタッフは微笑みながら去って行った。

きっと夢ではないのだろう、と梓は思う。朱陽は五十嵐マキ子の最後の夢につきあったのだ。それで彼女が穏やかに旅立てたのならいい。

梓は朱陽のそばによると、その体を持ち上げて抱きしめた。朱陽の手からスポンジボールが落ちる。

「あじゅさ、どうしたの？」

「うん？　朱陽がいい子だからだよ」

「あーちゃん、いいこー！」

朱陽はくすぐったそうに身をよじって笑った。その笑い声は光のシャボン玉のように弾けて部屋の中に広がっていった。

「あっ」

朱陽が声をあげ、窓を指さす。

「どうしたの？　鳥さん？」

梓は朱陽を抱いて窓のそばに寄った。朱陽は眩し気に目を細め、空を見上げる。

「マキ子ちゃんがいたよ」

「マキ子ちゃんって、……こないだ朱陽が遊んだ……」

「うん、にこにこって、手を振っていった」

「そっか」

梓も窓から青空を見上げた。梓の目には見えないけれど、朱陽には見えているのだろう。

大きく手を振っている。

「マキコちゃん、またねー」

日差しの中で朱陽が約束する。またね、またね。

いつか還ってくるそのときの――約束を。

第六話

神子たち、ダンジョンへもぐる

序

晩ご飯のあと、子供たちが楽しみにしていたアニメ映画を観ることになった。

いつでも見たいときに配信されている動画を観られるなんて、いい時代になったなあと梓《あずさ》は思う。

福井《ふくい》の高校生だった頃は、有料配信は母に禁止されていたので、自転車で三〇分もかけてＤＶＤのレンタルショップへ走ったものだ。映画館ならさらにバスで市内までいかなければならない。

しかし、今はネットさえつなげば大人の財力で好きなものが観られる。

子供たちは布団をはいだコタツの天板《てんばん》に顔を乗せたり寝転がったり、あるいは梓や翡翠《ひすい》の膝の上でテレビに顔を向けていた。

長い間コタツには布団がかかっていたのだが、天気がよかったので今日ようやく片付けた。いつもコタツで丸くなっていた玄輝《げんき》は、それを見たときひどいショックを受けたらしく、コタツの真下に入り込んで出てこなくなった。

夕食のときにようやく、しかし、しぶしぶ出てきたのだが、いつもに輪をかけて無口でむくれていた。

ふくれっ面《つら》の玄輝もかわいいと、翡翠はその丸い頬を喜んでつつき、お約束のように指先を凍りつけられたりした。

映画はぬいぐるみたちがご主人さまを探して地下のダンジョンを冒険する、というお話で、丸っこいキャラクターたちがころころと動く。

アニメーションではあるのだが、キャラクターは本物のぬいぐるみで、それを少しずつ動かして撮影するという、とんでもない時間のかかったコマ撮りアニメだ。

空を飛んだり水に潜ったりするシーンもあって、観ていてどうやって撮影したのだろうと首をひねってしまう。

子供たちはそんなことは考えず、ただぬいぐるみと一緒に地底の冒険を楽しんでいた。

「おもしろかったー！」

見終わってから子供たちは今の映画について熱心に話した。

「あじゅさ、こんどダンジョンいこう！」

無茶ぶりをするのは蒼矢《そうや》だ。

「ダンジョンかあ。行きたいけど近所にはないねえ」

「ダンジョン、どこにあるのかな？」

朱陽《あけび》もダンジョンに興味を示す。

「どこだろう？　山の中とかかな？」

「おにわに……ないの？」

白花《しらはな》がおずおずと言う。

「お庭にはないねえ。だれか見たことある？」

子供たちは首を振る。玄輝も翡翠の膝の上で首を振った。

「もしダンジョンがあったらみんなで行こうね」

「あいあーい！」

「羽鳥《はのとり》梓、そのみんなには私も入っているのだろうな！」

翡翠が必死の形相で言う。子供たちのことに関しては冗談は通じないようだ。

「はあ、まあ検討します」

「絶対連れて行けよ！」

そもそもダンジョンに入る予定はないのだが……。

――そんな風に思っていた時代もありました。

「なんで、ダンジョン……」

梓は暗闇の中で呆然と呟いた。

そんな話をした翌日、まさか自宅の庭からダンジョンに来てしまうとは。

「だ、誰か助けて――っ！」

梓の叫びが広い横穴に響いた。

一

そのダンジョンを最初に見つけたのは蒼矢だった。

玄輝と一緒に庭で虫遊びをしていたらしい。石をひっくり返してダンゴムシを探したり、蝶々を追いかけたりしていた。

庭の中央には桜の木がある。今満開で、はらはらと花びらをまき散らしていた。

何の気なしに桜を見て、またすぐ手元の石に視線を向けた蒼矢は、あれ？　ともう一度振り向いた。

桜の花びらで白くなっていたはずの地面に穴が開いている。

「……？」

蒼矢はその穴に近づいてしゃがみこんだ。大人が一人入れそうな大きな穴だ。どうして今まで気づかなかったのだろう?

「げんちゃん、きてー」

ダンゴムシを片端からつついて丸めていた玄輝は、呼ばれてもすぐには動かなかった。あと三匹丸めてない。

「げんちゃん!」

蒼矢の怒った声が聞こえる。玄輝は最後の一匹をつついてから、よいしょ、と起き上がった。

「ね、ここみて!」

蒼矢が指さす穴を見て、玄輝は眉をしかめた。こんな穴、さっきはなかった。

「ここ、はいれるよ」

そう言う蒼矢の横にしゃがみ、玄輝も穴の中を見た。穴は深く、暗い。玄輝は手にした桜の花びらを一枚二枚、ひらひらと落としてみた。

「……」

すぐに花びらは見えなくなった。

今度は石を落としてみる。耳をすましても下に落ちた音はしない。

「どこまであるのかな」

蒼矢は地面にぺたりと伏せると玄輝が止める間もなく、腕を穴の中に差し込んだ。

「わあ！」

途端に蒼矢の体が穴の中に吸い込まれた。玄輝は驚いて蒼矢の足を掴んだ。

「……あ――っ！」

玄輝は叫んだ。家の中には朱陽と白花、それに梓がいる。誰か、誰か気づいて！

「げんちゃんだ！」

気づいたのは朱陽と白花だった。二人は縁側で貼り絵をしていた。朱陽が好き勝手にちぎった色紙を、白花が丁寧にのりをつけて貼っていく。

出来上がるのはお花だったり不思議な動物だったりみんなの顔だったりする。

梓は布団のないコタツで家計簿をつけながら、そんな二人を見ていた。

「げんちゃんがよんでる！」

朱陽は色紙をまき散らして立ち上がった。白花もすぐに縁側から飛び降りる。

「どうしたの？」

そんな二人を追って立ち上がった梓は、桜の木の根元ですでに体半分を穴の中に入れている玄輝を見た。

「げんちゃん！」

「そーちゃん！」

朱陽と白花が玄輝の元にたどり着いたとき、玄輝の足はすでに穴の中だった。その足首を朱陽が掴み、白花が朱陽の手を掴み――しかしそのまま二人も穴の中に落ちた。

「白花！」

間一髪で梓が白花の腕を掴む。だが、その瞬間、穴が口を開いたように大きくなり、梓の体も飲み込んでしまった。


「……みんな、いる？」

暗闇の中で梓が囁く。すぐに周りが明るくなった。朱陽が手の上に炎を、白花が光球《こうきゅう》を浮かべている。梓の周りに四人全員がいた。

「怪我は？　痛いところない？」

梓の声に四人とも首を横に振った。梓自身もどこも痛めていない。かなり高いところから落ちたと思ったが、体を打った記憶もなく、気がついたら立っていた。

梓は上を見上げたが土の天井があるだけで落ちてきた穴がない。落ちた、というより移動したという方が正しいかも知れない。

前を見て、後ろを見ると、どちらにも長く薄暗い通路が続いていた。

「ここはどこだろう……」

不安に駆られて呟いた言葉に蒼矢が元気よく答えた。

「ダンジョンだよ！」

「……だ、？」

「ダンジョン！　どうくつだし、まちがいないよ！　あじゅさ、ぼうけんだ！」

わんわんと蒼矢の大声が響いた。言われてみればこの状況は昨日アニメ映画で見たダンジョンの通路にそっくりだった。

「た、確かに行こうとは言ったけど、こんなにすぐに来ることになろうとは……蒼矢、待って！」

梓は走りだそうとする蒼矢の襟首をはっしと捕まえた。

「ダンジョンなら……出口があるはずだよね？」

だが、前と後ろ、どっちが出口で入り口なのか。

「朱陽、白花。それぞれ前の方に光を飛ばしてみてくれる？」

「あいあーい」

朱陽と白花は背中あわせになって、それぞれが前の方に炎球《えんきゅう》と光球を飛ばす。

「……どっちも同じみたいだな」

光がどれだけ先に進んでも土の道しか見えなかった。

「あじゅさ」

蒼矢が朱陽の照らした方を指さす。

「あっちから、かぜ、ふいてる」

「風……？　じゃあもしかしたら出口があるのかもしれないな」

梓は子供たちに手をつながせ、朱陽の炎が照らす方へ歩き出した。白花は自分の光球を呼び寄せ一緒に照らす。おかげでかなり明るく、足下に不安もない。

「テレビでみたのと……おなじだね」

白花が土の天井や壁を見ながら言う。

「テレビだと、モンスターがでてくるね！」

朱陽が楽しそうに言った。

「えっと、おっきなこーもりとか、しゅらいむとか、」

「そういうのが出ないことを祈るけど」

「かべから……ひとくいきのこがでてきた……」

白花がそう言いながら土の壁を撫でた。その途端、にゅっと卵のような丸いものが土から現れた。

それは先端に亀裂《きれつ》が走ったかと思うと、ぱっくりと四つに裂け、あっという間に顔ほどの大きさに広がった。

「わあっ！」

梓はとっさに白花を抱き上げ、それから引き離した。

四つに裂けたものはぴくぴくと花びら？　触手？　を蠢《うごめ》かし、また元の白い卵に戻ると
ひゅっと壁の中に消えてしまった。

「い、今のは」

覚えている、昨日のダンジョンのアニメの中に同じものがいた。

「……まえ！」

玄輝が短く叫ぶ。前方から黒い塊が飛んできた。

「おおこーもりだ！」

蒼矢の声が喜んでいる。梓はとっさに子供たちの頭を押して地面に伏せた。

大蝙蝠《おおこうもり》は何十羽といた。ギャアギャアと大声を出し、頭上を通り過ぎたかと思うと、反
転してこちらへ戻ってきた。

「朱陽！　蝙蝠と話ができないか？」

朱陽はぶるぶると首を振る。

「こーもり、とりしゃんじゃないもん」

そうだった！　蝙蝠は翼のある哺乳類《ほにゅうるい》なのだ。それじゃあ……、

「玄輝！　氷を！」

梓が言う前に玄輝は地面に両手をつき、五人の前に氷の壁を出現させた。大蝙蝠たちが次々と氷にぶつかる。

「前へ走って！」

梓は叫んで子供たちのお尻を押した。子供たちはきゃあきゃあ言いながら走り出す。

「あ、あじゅさ」

朱陽が走りながら満面の笑顔を向けてきた。

「しゅらいむも、いるかなっ！」

「スラ……」

とたんに地面から巨大なスライムが湧き出して、先頭を走っていた蒼矢を飲み込んだ。

「蒼矢！」

ライムソーダのようなさわやかなブルー。ゼリーのようなスライムの体の中に、蒼矢がすっぽり包まれた。

「蒼矢――！」

蒼矢は透明な青いゼリーの中で苦しげにもがいている。

昨日のアニメではどうやって撃退してた？

梓が思い出すより早く、朱陽が火球を勢いよく放つ。

「ひゃっほー！」

スライムは火球に触れるとじゅっと音を立てて蒸発した。蒼矢が中から飛び出してゲホゲホと咳《せき》をする。

「そ、そうだった。スライムを撃退するには火と氷……」

玄輝と朱陽が梓の前に立ち、火と氷でスライムの群れを攻撃する。スライムたちは朱陽の炎で蒸発し、玄輝の力で凍り付いた。

「昨日のアニメと同じだ……もしかしたら……」

梓はアニメに出てきた骸骨《がいこつ》兵士を思い出す。途端に地面の下から真っ白な骨の兵士が土をかきわけて出てこようとした。

「や、やっぱり!」

梓は髑髏《どくろ》の頭を蹴り飛ばす。

「みんな、なにも考えちゃだめだ。考えるとそれが出てきちゃうから!」

「かんがえると……でてくる?」

みんなの動きがぴたりと止まった。

「えと、じゃあ……こんなのも?」

白花が呟いたとたん、彼女の周りにきらきらと光るものが現れた。それは四枚の蜻蛉《とんぼ》のような羽を持った小さな人間の姿をしていた。

「わあ、しーちゃんいいな! ようせいさんだ!」

朱陽が歓声をあげた。妖精は白花の周りにまとわりつき、鈴のような声で歌い出す。

「じゃあねじゃあね、あーちゃんはね……」

「あ、朱陽やめなさ、」

梓の声は聞こえてきた大きな咆吼《ほうこう》に消される。朱陽のすぐ前に巨大なオオカミのような獣《けもの》がいた。頭には角が一本生えている。

「わー、かっこいいー！」

朱陽は目の前の獣にパチパチと拍手をした。

獣は首をぐるんぐるんと回してぐわっと口を開いた。上下に鋭い牙が生えた口からだらだらとよだれが落ちる。

「そーんなのぜんぜんつまんないね！　おれのかんがえたさいきょーのモンスターは……」

蒼矢が両手の拳を握って、ここぞとばかりに大声をあげる。

「そ、蒼矢！」

梓は止めようとした。

「あたまがみっちゅ……ううん、いっぱいあって」

「やめ」

止めようとしたのだが。

「おっきなからだにとげとげがついてて」

「しっぽにもぎざぎざがあってあしがはやくてそらをとんでじめんももぐれてつよくてきょうあくで」

「なさ」

「い――っ!?」

目の前に恐ろしい姿があった。体自体のシルエットはステゴザウルスのようにずんぐりしている。

長い尻尾に釘《くぎ》を打ち込んだような角が無数につき、前肢《まえあし》はドリルになり、後ろ肢はトドのようなヒレだった。背中には申し訳程度の翼が開き、そして頭が数え切れないくらいついていて、それぞれが蠢いている。

その無数の頭が一斉に吠えた。ビリビリと洞窟の中が振動する。

「わー……」

白花が呆れたような声をあげた。

「なんかきもちわるいー」

朱陽も不満を表明する。

「へん」

玄輝は短く、切り捨てた。

「あれえ？」

考えたものを全部合体させても決してかっこいいモンスターになるとは限らない。蒼矢は首をひねった。

「ちょっとちがう……」

蒼矢のモンスターは無数の頭についている口を開け、盛んに吠え立てた。前肢があがり、一歩進もうとしたが、その途端に転んでしまう。

そもそもドリルになっているので立ちにくい上に、無数の頭が前後左右、勝手に動いているからバランスがとれないのだ。

「みんな、逃げよう！」

「あいあーい」

「えー、おれ、モンスターなおしたいー。もっとかっこいくするー！」

「考えるな――ッ」

じたばたと足を動かして抵抗する蒼矢を抱え、梓は他の子供たちを急かして洞窟の奥へと駆けだした。

二

蒼矢や朱陽の考えたモンスターたちの声が聞こえなくなった頃、白花についてきていた妖精の姿も消えた。どうやらモンスターを生み出す力の場から抜けたようだ。

梓はへたへたと地面に尻をついた。

「あじゅさ、……だいじょうぶ？」

白花が心配そうに梓を覗き込む。

「う、うん。大丈夫。みんなは？」

「へーき！」

「げんきー！」

「……！」

子供たちは拳を握ったり、ジャンプしたりして体力を見せつける。

「みんな、すごいね」

梓ははあっと息を吐いた。そんな梓に玄輝が近づき、小さく囁いた。

「タカマガハラとおなじ」

「え？」

「くうき」

玄輝が片手をあげて、ぐるりと天井や壁を指し示す。

「ここにタカマガハラと同じ神気があるっていうのかい？」

玄輝はうなずいた。もしそうなら子供たちがすこぶる元気な理由に説明がつく。

(このダンジョンに俺たちを引き入れたのはタカマガハラ関係の神なのだろうか)

だとしたら――。

梓はぐっと拳を握った。

「文句のひとつも言ってやる！」

相変わらず出口も入り口もわからないまま歩いていると、白花が梓の足に抱きついた。

「あじゅさ……なんか、くる」

「え？」

「こえ、する。たくさん」

子供たちの中では白花が一番耳がいい。白虎《びゃっこ》の性質なのかもしれない。ネコ科は聴覚がすぐれている。

じきに梓もその音に気づいた。ドコドコドコと太鼓を小さく叩いているような音だ。そしてピーッという笛のような音。

「祭り……？」

やがてその音は振動を伴って迫ってきた。梓は不安そうな顔をする子供たちを、自分の方へ抱き寄せた。

「なんだ⁉」

振動と音の正体が同時に目の前に現れた。それは小さくて灰色の毛皮を持つ獣、光る目と長いひげ、そしてピンク色の長い尻尾の、

「ね、ねずみ⁉」

鼠《ねずみ》の群れだ。群れが洞窟の奥から川の流れのように走ってくる。太鼓の音は鼠たちの走る音だったのだ。

「うわっ！」

逃げる間もなかった。鼠は梓や子供たちの足の下に潜り込むと、その体を背に乗せて走り出す。梓はバランスを崩して背中から鼠の上に倒れ込んだ。しかし鼠たちは止まりもせず、梓を乗せたまま移動する。

「朱陽！　蒼矢！　白花！　玄輝！」

梓は叫んだ。子供たちも鼠の川に飲み込まれ流される。耳元で鼠たちの鳴き声が笛のように響いていた。

（どこに連れて行く気だ⁉）

このダンジョンが神気に満ちているというなら鼠もまた神の使いなのだろうか？　長いような短いような時間が過ぎて、やがて梓は地面に放り出された。体の下に鼠がいないことを確認して身を起こす。

手をついた地面は今までのような岩肌ではなく、柔らかな砂だった。

「ここは……？」

そこは今までの細い通路とは違う、広い場所だった。天井も高く、あちこちに青白い光が灯っている。

（光っているのは苔《こけ》？）

その光が岩肌に反射し、空間全体が青白く見えた。

ちゃぷちゃぷと波音が聞こえる。体をひねって背後を見ると、そこに広い広い水面が広がっていた。

「……湖？　地底湖か」

水面は遙か遠くまで続いていた。小さく寄せたり返したりしているところをみると、海なのかもしれない。

目を転じると同じように呆然とした顔の子供たちがいる。誰も欠けていないことにほっとした。

「みんな、怪我は？　体が痛いところはない？」

「ないー」

「だいじょぶー」

子供たちは元気に言葉を返してくれた。

気付くと目の前に鼠たちが整列している。彼らはみな後足で立ち上がり、神妙に頭を垂れていた。

「君たちは――」

「あじゅさ」

玄輝がすぐそばにきて湖を指さす。

「だれかくる」

はっと梓は両手を広げ、子供たちを背に庇《かば》った。湖面にぼこりぼこりと泡が浮き上がる。

（誰だ？　俺たちをここへ呼んだものか？）

水面がぐわっと盛り上がった。まるで島が浮き上がって来たかのように、丸い大きな黒い頭が目の前に現れる。

（あ、頭!?）

そうだ、頭だ。黒い部分は髪の毛で、濡れそぼった前髪の下に大きな目が覗いた。続いて鼻が、唇が現れ、顎が水をしたたり落とした。

顔の次は首が現れて優しい線を持つ肩が見え、豊かな二つの乳房が水を弾く。

「……あなたは」

水から出てきた人は出てくるごとに小さく細くなり、太ももが水の上に現れたときにはもう普通の人くらいだった。いや、それでも二メートルくらいはありそうだ。

乳房は露《あら》わだったが、肉付きのよい腰から下は薄い衣に覆われていて、梓はほっとした。

水の上の女性は長い黒髪を濡れた白い肢体《したい》に巻き付け、静かに微笑んでいた。

「あの、貴女《あなた》は……」

「こんなところまで呼び出してわるかったのう」

女性の声が洞窟の中に響いた。

「やっぱり貴女が僕たちを喚《よ》んだのですか？」

「そうじゃ」

「貴女はどなたですか」

おそらくは名のある神だろうと梓は岸辺に膝をついた。それだけ水の上の女性は圧倒するオーラのようなものを放っている。それはタカマガハラのアマテラスにも似ていた。

「わらわは伊邪那美命《イザナミノミコト》」

「イ、イザナミ……ッ!?」

さすがにその名は梓でも知っている。タカマガハラの神々の母、この日本の国を産んだ偉大な女神ではないか。

「イ、イザナミさまがなぜ……」

気がつけば先ほど後足で立っていた鼠たちがみんな伏せている。梓もあわてて地面に手をついた。

「ああ、よいよい。こちらの都合で喚んだのだ。畏《かしこ》まらずともよい。さきほど考えていた文句の一つでも言うがよい」

イザナミは笑いを含んだ口調で言った。梓は血の気が引く思いだった。さっきの心の中の声を知っているらしい。

「す、すみません！」

梓は砂に額を押しつけた。

「あじゅさ、だあれ？」

朱陽が畏まっている梓の服の裾をひっぱった。

「イザナミさまだよ。アマテラスさまのお母さまだ」

「アマテラスのおばちゃんの？」

おーっと蒼矢が梓の前に飛び出す。

「じゃあ、おばあちゃんなの？」

「こ、こら、蒼矢！」

イザナミの白い貌《かお》にはしわもしみもない。アマテラスと同じくらいか、それよりも若く見えるのに、そんな暴言を吐いたらどうなるか……。

ほっほっほ、とイザナミの笑い声が洞窟を揺らした。

「そうじゃそうじゃ。わらわは総《すべ》ての神の母親、お主《ぬし》らのおばあちゃんじゃ」

イザナミはすうっと水の上を滑って近づいてきた。

「みな、元気じゃの。どうじゃ、わらわのダンジョンは気に入ってくれたかの」

目を細めて手を広げたその顔は、いかにも優しげで慈愛に満ちていた。

「おばあちゃんがつくったの⁉」

「すげー！」

「おもしろかった……」

「……！」

子供たちは波打ち際でぴょんぴょんと跳ねて喜びを表す。幼い賞賛の声にイザナミは満足そうにうなずいた。

「せっかくここまで来てもらったのだから、子供らの好みに近づけてみたのじゃ。ダンジョンを探検したがっていたようじゃからの」

「じゃあこの鼠たちも……」

梓はじっと動かない鼠の群れを見た。

「そうじゃ。鼠は根の国、黄泉《よみ》の国の民じゃからの。わらわの忠実なしもべよ」

自分たちのことを話していると気づいたのか、鼠たちが顔をあげる。

「黄泉の国には死者と国を守るヨモツシコメや黄泉軍《よもついくさ》の兵士《つわもの》どもがおるが、やつらは生者に触れることができぬ。しかし鼠どもは中道に位置するのでお主ら生きているものにも触れることができるのだ。お前たちもご苦労じゃった」

イザナミが声をかけると鼠たちはそろそろと後退を始める。

「まって！」

「まって！」

朱陽と白花が同時に声をあげた。

「ねじゅみさん、けがしてるよ！」

「いたいいたいよ！」

二人は列の端にいる鼠に駆け寄った。まだ子供の鼠なのか、小さな体をしている。そして確かに背中に赤い切り傷が見えた。梓たちを運んだ時に怪我をしたのか。

「だいじょぶ？」

「じっとして……」

朱陽は鼠の横にしゃがむと、鼠の体をそっと押さえた。白花が洋服のポケットから取り出したのは、白いケースのスティック糊《のり》だ。

梓は二人が居間で張り紙遊びをしていたことを思い出した。そのとき使っていたものだろう。だがそれは傷を癒やすものではない。

「二人とも待って。それは……」

梓が止める前に、白花はキャップを外し、先端を鼠の体に押しつけた。

「いたいのいたいのとんでけー」

朱陽が大きな声で言い、白花がさっと一塗りする。ただの糊だ。色紙を貼るくらいの弱い力しかない糊。

だが。

鼠の傷口はたちまちふさがり、赤い筋がきれいに消えた。

「なおったー!」

二人は顔を見合わせてにっこりした。朱陽が鼠を手のひらに乗せ、白花がその頭を人差し指で優しく撫でる。子鼠は首を回して自分の背中を見て、それからチイと嬉しそうに鳴いた。

足下で親らしい鼠が心配そうに見上げている。朱陽は子鼠を地面にそっと下ろした。親鼠は頭を下げて、二匹はすぐに群れに戻った。

「ばいばーい」

「またねー……」

鼠たちは再びドコドコドコと太鼓のような音をさせて走って行く。傷を治してもらった子鼠は、もう群れに紛《まぎ》れて見えなくなった。

「うむ。優しい子たちじゃのう」

イザナミが嬉しそうにうなずいた。

三

「あの、」

梓は女神の前でまだ膝を揃えたまま顔をあげた。

「イザナミさま、どうして俺たちをここへ？　子供たちをダンジョンに招待してくださっただけなのですか？」

「そうじゃ、と言いたいところじゃが、実は頼みがあっての」

イザナミの足が水から地面へと移動した。しかし不思議なことに足跡はつかない。まるで重さがないようだ。

「実はな、今冥界《めいかい》では絶賛〝死人を減らそうキャンペーン中〟でな」

イザナミは得意げに言った。

「は？」

今なにか変な言葉を聞いたぞ。少なくとも神々の母から出るはずのないような……。

「大昔、わらわと夫の伊邪那岐命《イザナギノミコト》が夫婦喧嘩をしたことは聞いておるかの？」

イザナミはペタペタと素足で梓の前を通り、地面をとん、とかかとで叩いた。するとそこに砂が盛り上がってあっという間に男性の姿が作られた。

「これが吾《あ》が夫《つま》のイザナギじゃ」

その姿は二メートル近いイザナミよりさらに大きい。髪をみずらに結い、筒袖の服にやはり筒型の下衣を身につけ、腰帯に剣をたばさんでいた。顔立ちは、額が広く理性的な雰囲気を持っている。

美男美女でお似合いのカップルだな、と梓は思った。

「こやつは国作りは有能であったのじゃが、女心のわからんやつでな」

イザナミはいまいましそうに砂で出来た夫の額を指で弾いた。額は欠けたがすぐに再生する。

「お産《さん》で死んだわらわを黄泉の国まで迎えに来てくれたのはいいが、帰る準備をするからちょっと待てと言いおいたのに、わらわの部屋をこっそり覗いたのじゃ」

その話は知っている。イザナギが覗くとそこには腐乱《ふらん》死体と化したイザナミと鬼たちがいた。その姿にすっかり怯《おび》えてイザナギは逃げ出してしまったという。

「生涯ただ一人と決めた相手の醜《みにく》い姿を見たからと、尻をまくって逃げ出すなど、許せるはずがなかろう。しかも、見るなと言っておいたのに見たのだぞ？　おなごの準備は時間がかかるし、その間は絶対見られたくないというのに……まったく男というやつは！」

イザナミにぎろりと睨まれ、梓は心臓が止まるかと思った。確かに子供のころ、化粧をしている母親をじっと見ていて、「あっちへ行きなさい」と怒られたことがある。

「どうして見ちゃいけないの？」

幼い梓は聞いてみた。すると母親は凄《すご》みのある笑みを見せて、「夜明け前が一番暗い……」と意味不明なことを言ったのだ。

「追いかけたわらわに櫛《くし》を投げ、桃《もも》を投げ、道反《ちがえし》の大神という岩を動かして道を塞いだ。馬鹿にしおって！　そのときわらわは怒りのあまり夫に告げた。そなたの国の民《たみ》を、一日一〇〇〇人殺そうと」

イザナミは砂で作ったイザナギの像の前に立ち、拳《こぶし》でその顔を粉砕《ふんさい》した。さらさらと砂が落ち、あっという間に像は小さくなる。像は今度は再生しなかった。

「すると夫はこう返した。それなら我は一日一五〇〇人民を増やそうと。そしてその言葉通り、この国では一日に一〇〇〇人死に、一五〇〇人生まれてくることになったのじゃが……」

ふう、とイザナミはため息をつき、軽く首を回した。顔からは怒りが抜け、もとのように穏やかな女神に戻る。

「当時は人間の数も少なかったのでな、そのくらいでよかったのじゃ。しかし徐々に人は増えていった。イザナギは仕事熱心じゃったからな。対応するわらわの身にもなってくれというものだ。まあそんな双方の努力でもって人数は増えても割合としては同じじゃった。だが、ここ最近逆転しておる。死人の方が多い日がずっと続いておるのじゃ。あやつは何をしとるんじゃ！」

「それは……」

確かに梓もテレビのニュースなどで見て知っている。

交通事故や感染症、自死などの影響で死亡者が増えているのに、出生率は下がり続けていると。

「しかも子供が大勢死んでおる。戦国時代でもないのにだぞ。地上の民は賢く豊かになり自由に生きておるというのに、どんどん子供が死んでゆく。これでは駄目だ。この国は滅んでしまう！」

イザナミはどん！　と足を踏みならした。洞窟全体の空気が震え、「おぉおお――ん……」と悲しげな泣き声をあげる。子供たちは少し不安げな顔になって互いに身を寄せた。

「それでキャンペーンじゃ」

やはり聞き間違いではなかったようだ。もうつっこむことはやめにしようと、梓は黙って聞くだけにした。

「この春の間だけでも、できるだけ子供を死なせないようにしようと思ってな。子供たちだけが多数死ぬ状況をどうにかしようとしておる」

「こ、子供たちだけが多数死ぬ？　そんな状況ってどんな場合なんですか」

その言葉に梓は驚いた。考えても想像がつかない。

「うむ。たとえばこんな状況じゃ」

イザナミがさっと腕を振ると、梓たちの目の前の風景が、薄暗い洞窟から一変した。そこはどこかの山の中で、深く濃い緑が広がっている。

しかし、なにか、どこかおかしい。これだけ命に満ち溢れた風景だというのに、なんの音も匂いも、風のそよぎさえ感じられないのだ。

梓は自分の顔の前に小石が浮いていることに気づいてぎょっとした。指で摘まめばただの小石だ。なぜ浮いているのだろう？

「これは……」

「上を見よ」

イザナミは右手を空に向かって上げた。上方を見た梓はあっと息を飲む。

そこには今まさにガードレールを突き破って、地面に墜落しようとしている観光バスの姿があった。

　そのバスは全体を土砂で包まれている。空中には大小さまざまな石や土がそのまま浮いていた。梓の目の前で浮いていた石は、上から落ちて止まっていたものだったのだ。

「土石流《どせきりゅう》に襲われたのじゃ。今は時を止めてあるが、このままではあのバスは地面に落ちて大破し、土砂に埋まってしまう」

「なんですって!?」

　大事故じゃないか、と梓はバスとイザナミを交互に見た。女神は梓の視線を受けて、

「あのバスの乗客を救いたい。子供が二四人も乗っているのだ。さきほども言ったが黄泉の国のものは生者《せいじゃ》には触れられぬ。お前たちがなんとか助けてやってくれ」

　そう無茶ぶりしてきた。

　おそらくは遠足のバスだろう。楽しい歓声が一転、悲劇の叫びに変わったのか。

「生者に触れられないならバスごと動かしてみれば……」

　梓はそう言ってみたが、イザナミは首を振った。

「日が出ている間は、黄泉のものは地上に出れぬ。わらわのこの姿も実体ではないのじゃ」

　そう言われればイザナミの姿はわずかに透けている。

「ど、どうやって救えば……」

　バスを土砂から動かすか？　いや、自分でも子供たちの力でもあんな大きなものを動か

すのは無理だ。

「中から救い出すしかない！」

梓は子供たちを見た。全員が梓を見ている。ことの重大さをわかっているのだ。きっと梓がなにか考えてくれる、そんな信頼に満ちたまなざしだった。

梓はぐっと唇を引き結び、子供たちにうなずいてみせた。

「みんな、聖獣《せいじゅう》に変化《へんげ》して。あのバスまで飛べる？」

「とべる！」

「できるよ！」

言い終わる前に子供たちの姿が変わった。

朱雀《すざく》と青龍《せいりゅう》がすぐに飛び上がる。白虎は崖を跳ねて上へと移動した。玄輝は玄武《げんぶ》に変化したが、すぐには動かず尋ねるように梓を見上げた。

「玄輝。俺を乗せて上にいけるかい？」

玄武は亀の方の頭を動かしてうなずく。尻尾の蛇《ヘビ》が返事の代わりかシャアと大きく口を開けた。

梓は甲羅《こうら》の上に乗ったが案外なめらかで滑り落ちそうになる。甲羅の縁を掴んで体を伏せると、ふわりと黒い体が浮き上がった。

聖獣たちはバスの周囲でなんとかドアを開けようと頑張っていた。青龍と朱雀がドアを爪とくちばしで掴んで引っ張っている。

白虎はバスのフロントに四つ足でふんばり、雷《いなずま》を放って窓を破壊しようとしていた。

バキンッと音がしてドアがとれた。青龍は咥《くわ》えたドアを空中にぶんっと放り投げる。

「よくやった！　上出来だ」

褒めると青龍が嬉しげにぐるぐると回った。

「玄輝、バスの入り口につけて」

梓は玄武に運んでもらうと、背中からバスの中へ飛び降りた。

バスの中の時間も止まっている。放り投げられたのか、水筒が顔の前に浮かんでいたので手に取って座席に戻した。

二四人の子供たちが恐怖と絶望の表情で固まっていた。立ち上がろうとしている子、頭を抱えている子、抱き合っている子、通路に飛び出した格好で止まっている子もいた。

年齢的には小学校の三、四年生といったところだろうか？

「よし、全員助けるよ！」

梓が言うと聖獣に変化した子供たちが「おーっ」と力強く答えてくれた。

（とにかく落下するバスから子供たちを出してしまおう）

梓は手前の席の子供たちから一人ずつ抱き上げ、青龍と朱雀に渡した。

二人は子供たちを咥えたり爪で掴んだりして、そろそろと崖下に降下していった。

「バスの真下だと時間が動いたとき土石流が襲いかかってくるから、少し離れた場所にするんだよ！」

梓はバスの中から二人に叫んだ。

（ワカッター！）と念話が返ってくる。

見ていると、やや離れた場所に滝が落ちる川がありその周辺が開けているので、そこを目指しているようだ。

白虎がようやくフロントガラスを粉砕した。そこから体を入れて運転手の服をくわえ、引っ張り出そうとするが、なにかに引っかかって動かない。

（マッテ、しらはな）

玄武がシートベルトに気づいてそれを食《く》いちぎった。亀には歯はないが、口が爪切りのように強力なくちばしになっている。

（アリガト、げんチャン）

白虎が運転手を玄武の背中に乗せる。玄武は意識のない運転手を落とさないように蛇の頭で支えて飛び、子供たちのそばに転がした。

周りは一切の音がない。梓たちが動いている音も聞こえなかった。空気の振動も止まってしまっているのか。なのに呼吸ができるのが不思議だったが、そこはイザナミの力が働いているのだろう。

「よし、これで全員だね」

道路に二四人の子供たちと運転手、引率の教師を寝かせる。かなりの重労働に梓は汗だくになっていた。聖獣の姿の子供たちは汗をかかないかわりに、全員口を開けてはあはあと荒い呼吸をしている。

「みんなよく頑張ったね！」

梓が言うと最初より力ない声で「おー……」と応えてくれた。

「みんなもう戻っていいよ」

全員が子供の姿に戻るとごろんと地面に転がった。

「ねむーい……」

「おなかすいたー」

「もうたてない……」

朱陽、蒼矢、白花が力なく訴える。玄輝はすでに眠っている。梓は子供たちのそんな姿に唇をほころばせた。

「お疲れさま……」

「全員無事か？」

イザナミがそばにきて時間が止まったままの子供たちを眺める。梓は振り向くと両手を広げた。

「はい、誰も怪我はないようです」

「そうか、では時を戻そう。バスが転落したことがわかれば人間たちが駆けつけるだろう。あとはそのものらに任せる」

「そうですね……」

梓は周りを見回した。本来ならば崖上の道路から土石流に巻き込まれ下に叩きつけられてバスは大破、子供たちは埋まってしまったことだろう。二四人もの命を救えてよかった。

見ろ、上の道路のガードレールがちぎれてぶらさがっているじゃないか……。

そのとき、梓はざわりと首筋の毛が逆立つような感覚に襲われた。

「――いや、ちょっと待ってください！」

四

梓は子供たちを寝かせた川辺から流れを伝って走った。流れの先はまた滝になり、崖を迸《したた》り落ちている。

「しまった！　やっぱりだ」

あちこち他の茂みを抜けて下を確認し、梓は急いで元の場所に戻ってくる。

「どうしたのじゃ」

焦った様子の梓にイザナミが眉を寄せて不審げな顔をする。

「すみません！　この場所、まずいです。単純に下に降ろしてしまいましたが、どこも道路とつながっていない。救助が来られません！」

「ん？　どういうことだ」

「下手をすると救助隊に見つからないかも知れません。もう少し下の道路へ運ぶべきだったんです」

道路は山を螺旋状《らせんじょう》に取り巻いている。道路のない場所に降ろしたのでは救助は困難だ。

判断ミスに梓は自分の頭を殴りつけたいくらいだった。とにかく脱出させようということばかり考えて、道路に運び出すという発想がなかったのだ。

「あそこ……」

梓は茂みの間から見える白い道路を指さした。

「あそこまで降りれば走ってくる車もいますから見つかりやすいし、救助も来やすい。運びましょう」

「む……しかし」

イザナミは振り向いて地面に横たわっている子供たちを見た。

「子らはかなり疲れておるのではないか。おぬしもだ」

「でも、やらなきゃ。こんな山の中で放り出したら、二次被害がないとも限りません」

梓は子供たちのそばへ戻った。四人がのろのろと顔をあげる。確かにかなり疲れているようだった。

「みんな、もう一度力を貸してくれないかな。バスの生徒たちを下まで降ろしたいんだ」

「……」

子供たちは顔を見合わせる。

「疲れているとは思うけど頼むよ。ここじゃ救急車もパトカーも来ることができないんだ」

「しょうぼうしゃではしごのばせば？」

蒼矢がいいこと言った、という顔で発言したが、梓は首を振った。

「はしご車も届かないんだ」

「だいじょぶよ！」

朱陽がそう叫んですぐに立ち上がる。だがふらっとその小さな体が揺れたかと思うと、ぺたりと尻餅《しりもち》をついた。

「あれえ？」

なぜ座り込んだのかわからない顔で梓を見上げる。

「あじゅさ。あんよ、うごかないよ」

「朱陽……」

四人の中で一番体が大きく体力もある朱陽でさえこれだ。他の三人がまともに動けるだろうか？

「羽鳥梓、仕方がない。おぬしたちはよくやった。あとはこの子たちの運命に任せよう。バスと一緒に墜落しなかっただけましだ」

イザナミが慰めるように言った。梓はそれに反論しようとしたが、子供たちの疲れた顔を見て、声を飲み込んだ。

（仕方がない……仕方がないのか。俺は神子《しんし》たちの仮親《かりおや》だ。なによりも優先すべきは朱陽、蒼矢、白花、玄輝……バスの子供たちをここに放置してもきっと救助隊が見つけてくれる……これ以上子供たちに負担を強《し》いるべきではない……）

地面に寝かせた他の子供たちを見る。時間を止められた彼らはみな恐怖を顔に浮かべていた。救助がくるまでこの山の中で過ごさせるのか？

「あじゅさ……」

白花が両手を地面についてお尻をあげようとしている。

「しらぁな、だいじょぶだよ……したに、つれてく」

「おれだって」

蒼矢が玄輝の体にすがって立ち上がろうとしている。

「せいぎのみたか、たかだもん。やれる」

「……」

玄輝は蒼矢を支えながら自分も立ち上がった。

「だめだ、無理はするな」

イザナミが制止する。

「おぬしらは次世代の四獣《しじゅう》になる大事な体。死者を減らそうキャンペーンなど、所詮わらわが考えた戯《たわむ》れだ。おぬしらに万一のことがあればタカマガハラが黙ってはいない」

「イザナミさま……」

イザナミが悲し気な顔で頭をさげる。長い髪が地面に複雑な渦巻きを描いた。

「すまなかった、子供たち。羽鳥梓。すぐにおぬしらの家に戻そう」

「で、でも！」

そのときだ。どこか遠くの方からドコドコドコと太鼓の音が響いてきた。

「あの音は――」

はっとイザナミも首を回し、耳をそばだてる。

「あれは、まさか」

ピーッと細く澄んだ笛の音。いや、あれは鼠たちの雄叫びだ。

どこから現れたのか山肌を埋め尽くす鼠の群れがこちらに向かってきている。彼らの先頭は親の鼠の上に立つ小さな鼠だ。

「ねじゅみさんだ！」

朱陽が膝立ちして迎える。白花も手を叩いた。

鼠の群れはあっという間に地面に寝かされた子供たちの下に入り込み、その体を背に乗せて、下へ下へと流れ出した。

梓や神子たちの下にも潜り込み、一緒に山を駆け降りる。

まるで川の流れに乗せられているように、全員が下の道路を目指している。

「わあ、はやいはやい！」

朱陽と白花が歓声をあげた。

「やるじゃん！」

蒼矢も仰向けになり運ばれるままに叫んだ。玄輝は両腕を伸ばしてスーパーマンのようなポーズをとって運ばれてゆく。

「鼠たちが……」

「おお……っ！」

イザナミにとっても思いもかけぬことだったのか、驚きの表情を浮かべていた。

やがてバスの子供たちも運転手も教師も、そして梓たちも、全員が道路に運ばれた。

「あ、ありがとう！」

梓は大声で鼠たちに叫んだが、道路についた彼らは振り返りもせずにまた山肌を駆け上がってゆく。その中で一匹だけ、小さな鼠が神子たちの前に立った。

「あのときの、ねじゅみしゃんね」

朱陽が手を差し出すと、ひょいとその手の上に乗る。

「ありがとう……みんな、たすかったよ……」

白花がその頭を撫でる。鼠は気持ちよさそうに首をもたげ、白花の指や朱陽の手の平に顔をすりつけた。

「ありがとう。ほんとにありがとう」

梓も鼠に顔を寄せて言った。鼠は「キュキュッ」と小さく鳴いて、両手で頭を隠した。恥ずかしがっているようだった。

「おぬしたち、よくやってくれた。わらわは誇りに思うぞ」

その言葉に子鼠は感激したようにひげを震わせ、深く頭を下げる。そうして朱陽の手の中から飛び降りると、仲間と一緒に山の中へ消えていった。

「よし、それでは時間を動かそう」

「はい」

イザナミがさっと手を振ると、背後でどおんっと大きな音がした。バスが地面に激突したらしい。すぐに黒煙が上がり始めた。

道路の上では子供たちがきゃあきゃあと騒ぎ出した。バスの中にいたはずなのに、なぜか道路にいるのだから理解が追いつかないのだろう。

梓たちは少し上の茂みの中からその様子を見ていた。

運転手と教師が慌てたように話をしている。状況はさっぱり不明だが、とにかく連絡をしようとしたのか、携帯を取り出す様子が覗えた。

「もう大丈夫みたいですね」

梓はイザナミに囁いた。

「そうだな、ではみなを家に戻そう」

イザナミの手が梓の肩に触れ、子供たちの頭をぽんぽんと撫でてゆく。そのとたん、再び地底湖のある洞窟の中に戻った。

「かえってきたー」

青白い光を放つ洞窟で、子供たちはほっとしたように座り込んだ。

朱陽と白花は抱き合って横になり、蒼矢は仰向けにばったり倒れ、玄輝はうーんと両腕と足を伸ばす。

「ここに満ちている気はタカマガハラと同じものじゃ。じきに疲れもとれるじゃろう」

イザナミはしゃがみこみ、横になっている子供たちの頭を撫でた。

「その穴からおぬしらの家の庭に戻れる」

イザナミは洞窟に開いた横穴を指さした。

「もうモンスターは出てこないですよね？」

念のため聞いてみると、イザナミがゆったりと笑う。

「ああ、もう帰るだけだからな」

「えー、もっかいモンスターつくりたーい」

蒼矢が顔を上げて言う。表情に力が戻っていた。

「さっきのおれのモンスター、うまくあるけなかったもん。こんどはちゃんとつくる」

「蒼矢……」

注意しようとしたが、それよりも先にイザナミが言った。

「大丈夫じゃ。ダンジョンの穴は残しておくからの。いつでも遊びにくるといい」

「ほんと!? おばあちゃん！」

「ああ、まことじゃ」

「やったー！」

蒼矢は飛び上がってイザナミに抱きついた。

「おばあちゃん、だいすき！」

「おお、おお……」

イザナミは蒼矢の丸い頬に自分の頬を寄せた。

「いい子じゃの。温かく丸くて柔らかいのう……。そうか。人の世の祖母というのはみんなこうした気持ちを味わっておるのじゃな」

すりすりすりと頬をすり寄せられ、蒼矢が笑い出す。

「くしゅぐったいー！」

「あーちゃんも！　あーちゃんも！」

「しらぁなも！」

女の子たちも起き上がりイザナミに抱きつく。玄輝も足下までごろごろと転がった。

「いい子じゃ、みな、いい子じゃな」

イザナミは四人の子供を腕いっぱいに抱えてそれぞれと頬を合わせる。その様子を梓は微笑んで見つめていた。

終

　さようなら、と手を振って横穴に入り二、三歩進んだと思ったら。

「わあ」

「まぶしい！」

　子供たちはいきなり顔を照らすお日様の光に目を覆った。

「おにわだー！」

　そこは羽鳥家の庭だった。桜の花びらがちらちらと舞う、目に馴染んだ自宅の庭。

「えぇー……？」

　梓は周りを見回した。穴に落ちてからずいぶん経ったと思ったのに、日差しは変わっていない。もしかして穴に落ちたときから時間は止まっていたのだろうか？

「おお！　ここにいたか！」

　縁側から大きな声がした。廊下に焦った顔の翡翠と紅玉《こうぎょく》が立っている。

「一瞬みんなの気配が消えて驚いたぞ！　どうした、なにかあったのか！」

「梓ちゃんたち、絶対、今いなかったよね？」

「あー、ひーちゃーん！　こーちゃーん！」

子供たちはわらわらと翡翠と紅玉のもとへ駆け寄った。

「あのねーあのねーダンジョンいってたんだよー」

「朱陽、靴を履いていないではないか！」

翡翠が朱陽の泥だらけの足を見て目を三角にする。

「うん、そこでおばーちゃんにあったよ！」

「おばあちゃん、て、誰？」

紅玉が抱きついてくる蒼矢を受け止めて言った。

「そんでバスのなかから……みんなたすけたよ」

「白花も靴を履いてない！」

翡翠は白花を抱え上げ、手から水を出して足を洗う。

「……」

玄輝はあくびをして縁側によいしょと体を持ち上げた。そのまま紅玉の足元で丸まってしまう。

翡翠は子供たちから桜の木の横に立つ梓に目を向けた。

「いったいなにがあったのだ？　羽鳥梓」

「あー……」

ダンジョンに入ってモンスターに追われてイザナミさまに会って子供たちを救って……。

そういうことを話すのがとても面倒くさい。

「とにかく、子供たちが疲れているので昼寝させます……」

それだけを言った。自分もとても疲れてしまって、それ以上言葉が出てこない。

「疲れているとはなんだ、疲れるようなことをさせたのか？　おい、羽鳥梓、答えろ！」

「あ、みんな、縁側で寝ちゃあかんで！　寝るなら布団の上で……」

翡翠と紅玉がわめいている。今はその声も真綿の向こうから聞こえてくるようだ。

梓は桜にずるずると背もたれ、地面に座り込んだ。

「子供たちをお布団によろしく……翡翠さん紅玉さん……」


その日の夜、晩ご飯の時のニュースで、長野県に遠足に行った児童二四人を乗せたバスが土石流に巻き込まれ大破《たいは》したと放送された。

しかし死者はゼロ。運転手も含め、教師も生徒らも道路に投げ出されて助かったそうだ。

「誰かが救助してくれたようだ、と子供たちは発言していますが、いったいどう救助されたのでしょうね」

報告を聞いたニュースキャスターが不思議そうに言う。

「あのとき、爆発に驚いたのか鼠がたくさん山から出てきました」と麓《ふもと》の人がカメラに向かって言う。

「まるで川の流れのように一列になって走っていました。びっくりしましたよ」

梓も子供たちもそのニュースににやにやしている。あとから訳を聞いた翡翠はむくれた顔で、紅玉は苦笑して子供たちを見つめていた。

「私を置いてそんなことをしていたなんて。絶対連れていけと言ったではないか！」

「不可抗力ですって。気が付いたら落ちてたんですから」

文句を言う翡翠に梓は目を合わせず答える。

「今度からどんな穴に落ちてもすぐに私を呼ぶのだ！　いいな、羽鳥梓」

「はいはい」

「はいは一度だけだ！」

紅玉はテレビ画面に目を向けながら「はあ……」と首を振った。

「それにしても子供の命を救おうキャンペーンって、イザナミさまもこっそりいろいろやっとられるんやなあ」

「ししゃをへらそうキャンペーン……よ」

白花が訂正する。

「そっかそっか。でもみんなえらかったね。今日はいっぱい食べて、ぐっすりおやすみな」

「うん！」

梓はテレビに目を戻した。画面の中ではまだキャスターが、地元に人たちに話を聞いている。

「……あ」

その中に見覚えのある人がいた。

「イザナミさまだ！」

「ええっ！」

確かにイザナミがカメラに向かって話をしている。麦わら帽子に手ぬぐいをかけて顎で縛るという田舎のおばちゃんスタイルだが、見間違えるはずがない。

「大切な子供たちが助かってほんとによかったですぅ」

「わー……」

紅玉と翡翠が顔を見合わす。

「こんなにバッチリ映って……バレたらアマテラスさまがお怒りになるやろな」

「う、うむ……」

「え？　顔出しNGだったんですか？」

翡翠は怯えた表情で小声で答えた。

「アマテラスさまはイザナミさまのこういう目立ちたがりなところがお嫌いなのだ」

「本心は自分も目立ちたいからなんやけどな」

「イザナミのおばーちゃーん！」

子供たちが画面に向かって手を振る。すると録画編集されているはずの画面の向こうのイザナミが手を振りかえした。

「あちゃー！」

「やってしまった……！」

すぐにスタジオにカメラが切り替わり、キャスターたちには気づかれなかったようだが、何人かは見たかもしれない。

「明日は春の嵐かもしれんなあ……」

紅玉が天井を見上げて呟く。ひゅうっと風が渦巻く音が聞こえてきた。

「梓ちゃん。タカマガハラに召喚されるかもしれんから覚悟しといてな」

「は、はあ……」

梓は引きつった笑みで答えた。春の嵐ができるだけ穏やかであるようにと、心の中で祈ることしかできなかった。

第七話

花見で乾杯！

梓《あずさ》や子供たちが毎日遊ぶ公園にも桜は何本か咲いている。

土日ともなれば家族連れで埋まってしまうが、平日の午前中はさほどでもない。ちらほらとお年寄りか休憩をとるサラリーマンがベンチに座っているくらいだ。

紅玉《こうぎょく》と翡翠《ひすい》は桜の木の下にビニールシートを敷き、座っていた。

「ほら、ビール」

紅玉が翡翠に六缶入りのパックから一本抜いて渡した。

「おお、すまん。つまみは……これでも開けるか」

取り出したのはチーズたらと柿の種だ。

「定番やな」

「定番結構。新しいものを試す勇気は別なところにとっておきたい」

二人は缶ビールのプルトップを開け、乾杯した。

「——うん、うまい。炭酸がのどを滑り降りるのがたまらんな。僕、酒の中でビールがいっちゃん好きやわ」

「おまえ、こないだは日本酒が一番好きだと言っていたぞ」

「まあ、一番はそのときの気持ちで変わるからな」

「なんだそれ。一番と言えるのか、そんなの」

翡翠はビールをごくりと飲んで、かーっと息を吐いた。

「うまいなあ」

「おまえ、そういうところがおっさん臭いと言われるとこやぞ」

「いいのだ、どうせ私は昭和を愛し昭和に染まったものだ。おっさんは私にとって名誉の負傷」

「勲章《くんしょう》やろ」

紅玉はたちまち三五〇㎖缶を空《から》にして、もう一本に手を伸ばした。

「柿の種、うまいなあ。定番は大切や」

ぽりぽりとかみ砕きながら背後に手をついて仰向く。花天井——視界一面を桜の花が覆い、空も見えない。

「いい天気や。絶好の花見日和《びより》やな」

「そうだな」

翡翠はごろりと横になった。この桜が咲いているのは町中の公園なので、すぐそばを車が通ったり人が通ったりする。だが誰も桜の下で寝転がっている人間を気にしなかった。

「考えてみればお前と花見酒なんて初めてやないか？」

紅玉がピーナツを一粒放り上げ、口で受け止める。

「そういえばそうだな」

翡翠は身を起こした。

「初めて会ったのはタカマガハラで……そのあとは四獣の卵の世話でずっと天上にいたからな」

「お前は時々下界《げかい》に降りていたやろ」

「ま、まあな」

「知っとるで。映画やらテレビやら見に行ったり、書店に行ったり玩具屋《おもちゃや》にいったりしてたんやろ」

紅玉ににやにやしながら言われて、翡翠は白い頬を赤く染めた。

「ほ、ほんの僅《わず》かの時間だ！　いいだろ、別に」

「最初はなんでそんなに下界に用事があるんやと思ってたけど、怪獣映画を観に行ってたとはな。初めて知った時はびっくりしたわ」

「大阪の商店街に祀《まつ》られていたお前と違って、私は山奥の泉の生まれだから——映画など見たこともなかったのだ」

翡翠は缶ビールをずずずとすすった。

「それが復興した町の映画館で初めて見たアレ——巨大な怪獣が町を踏み潰し、炎を吐き、人々を蹂躙《じゅうりん》するあの映画。私はゴジラを観たときに仰天《ぎょうてん》したのだ。なぜ人間たちはあんな悲惨な戦争を経験し、町や野を戦火に包まれ踏みにじられて嘆き悲しんだのにこんなものを観るのか。なぜ何度も辛い記憶を思い出さねばならんのか——私にはわからなかった。

だが、やがて気づいた。人間たちはこの悲惨な運命から何度でも立ち上がる勇気を、希望をあの映画に観ていたのだと。恐ろしい戦争を、原爆《げんばく》を、それでも乗り越え生きていくのだと。あの映画にはそんな思いがつまっていた」

翡翠はそこまで一気に言うと、缶ビールをぐいっとあおった。

「そこから怪獣映画が――特撮《とくさつ》が好きになってしまった。いやまあそんな主張だけではなく、怪獣のデザインや迎え撃つ武器や科学のディテールなど、惹きつけられるものは多い。いったいどうやって撮影しているのだろうと調べていくうちに技術にも魅了された。空想科学と言うが、ありもしないものを創造する人々の想像力にも惹かれた……」

「それで一言で言うと？」

「面白いからだな」

翡翠はきっぱり言い、紅玉はゴクリとビールを飲んだ。

「はっはっはっは！」

二人で顔を見合わせて笑い合う。

「いや、いいなお前は。そないに好きなものが出来て」

紅玉はチーズたらの袋を翡翠に向ける。

「最初に会ったときはずいぶんと険のある、すねた顔をしていたから心配していたんや。こいつに卵を任せられるんやろうかって」

「あの時は……泉を埋められて漂ったあげく、消えかけていたところを拾われたばかりだったからな。人に対して不信感もあったし、世の中に絶望していた」

翡翠はチーズたらを一本取りだして口にいれる。

「だが子供たちを——卵を抱いたときに、その暖かさ、純粋さに救われた。この子らを守らねばならない、そう思ったから私は私でいられたんだ。映画を楽しむ心のゆとりもできた」

「そやなあ……」

「お前こそ、ずっと祀られていた神社を燃やされて、人間に恨みはなかったのか？」

「人間に恨みか……」

紅玉はビールの缶を親指と人差し指で摘まんでぶらぶらと振る。

「燃やしたのも人間なら、必死に水をかけて守ろうとしてくれたのも人間や。命を奪うのも人間なら、守ろうとするのも人間。あの時代、本当なら会うはずもなかったアメリカさんと商店街の人ら。どうしてあんなことになったのかは僕らでもわからん。誰も戦争なんかしたくなかったのにな」

「おまえの火伏《ひぶ》せの力、神社を守るよりも商店街の人たちを守るために使ったのだろう？」

翡翠に言われて紅玉は照れたようにくるくるとした巻き毛をいじった。

「あっこのおばちゃんたちはみんな元気や。僕がおらんようになってもあの人らは元気に生きていく。僕はそれで十分や。手が届かん人らは大勢いて、あのときは国中の神々が歯噛みし地団駄《じだんだ》をふんだやろ……」

「そうだな。ひどい時代だった。もう二度と――繰り返したくはないな」

「うん……」

紅玉は缶ビールを持ち上げた。桜の花びらが飲み口に一枚落ちる。

「人間たちの死に」

「人間たちの生に」

翡翠も一緒に缶ビールを上げて、紅玉とあわせた。

バサバサバサと大きな鳥が翼を振る音がして、見上げると黒いカラスが舞い降りてくるところだった。カラスは地面に降りる直前にガタイのいい、法衣《ほうい》姿の男に変わった。

「示玖真《シグマ》どの」

「よう、久しぶり」

「こんにちは、高尾《たかお》の」

高尾の烏《からす》天狗、示玖真だ。両手に風呂敷で包んだお重を二つ持っている。

「もうやってんのか」

示玖真はどかりとシートに腰を下ろすと風呂敷を解いた。真っ赤なお重《じゅう》の中にはぎっしりと花見弁当が詰め込まれている。

「おお！　これは見事だ」

「このへんの豆や佃煮《つくだに》なんかは食っていいぜ。あとはガキどもに残しておいてくんな」

背中にしょっていたリュックから、一升瓶《いっしょうびん》を二本取り出す。

「これはこれは」

紅玉は嬉しそうに酒を一本抱き上げた。

「いいねえ、宴会らしくなってきた」

「二人でなんの話をしてたんだい？」

示玖真はあぐらをかき直し、もう一本の酒の口に手をかけた。

「ああ、出会った頃の話をしていたんや」

「へえ？」

キュポン、といい音をさせて栓《せん》を抜く。

「僕も翡翠も戦争で住処《すみか》を奪われたもの同士やったなあって」

「ほう、そうだったのか」

「そうだ。私は戦争中、山から木材を切り出すために泉を埋められた。紅玉は空襲《くうしゅう》で社《やしろ》を燃やされたのだ」

「そりゃあ……」

示玖真は四角いあごに手をやりなにか言おうとしたが、結局、「そうだったのか、二人とも苦労したんだな」と簡単な答えを返した。

「たいしたことではない。それより卵が孵《かえ》らなかった時期の方が苦労したし心配した」

「まあその卵も梓ちゃんが孵してくれたんやけどな」

「そうだな……私たちでは孵らなかった。アマテラスさまの慧眼《けいがん》ということだ」

あっさりと言う翡翠に紅玉はおや、と目をみはった。

「意外やな、今まではこの話をするたび不機嫌になってたのに。私がずっと守っていたのにーって」

「おまえ、私を不機嫌にするために何度も話を掘り返していたのか？」

「はっはっはあ」

「こら、答えろ！」

「まあああまあ」

示玖真はどこからか杯を三つ取り出して精霊たちに渡した。小さな湯飲みくらいある、ぐい飲みの猪口《ちょこ》だ。漢《おとこ》っぷりのいい顔をほころばせて二人を見る。

「高尾の千年杉から削り出した猪口だ。香りも口当たりもいいぞ」

そう言って酒を一升瓶から直に注ぐ。翡翠と紅玉は軽く杯を挙げて口をつけた。

「おう、こりゃあ……」

「馥郁《ふくいく》、という言葉が目の前に浮かぶようだ」

一口飲んだだけで深い森の中にいるような清冽《せいれつ》な香りがする。やや遅れて酒の甘味《かんみ》、旨《う》味《ま》がくる。猪口の飲み口にはわずかに傾斜がつけてあり、それがするりするすると酒を喉に送り込んだ。

「酒もすごいがこの猪口もすごいな」

「だろ？　百年木工に関わる職人の技だ」

「うーん、みんなが来る前に一本飲めそうだ」

そこへ「おーい」と手を振って賑やかな一団がやってきた。

宝塚の男役みたいな格好のアマテラス、世紀末バイオレンス漫画の主役のような、袖を引きちぎったTシャツにダメージジーンズのスサノオ、電動車椅子のクエビコ、そのポケットでマスコットの振りをするスクナビコナ。

「なんだなんだ、俺さまたちが来るのが待てなかったのか？」

もう酒を開けている三人にスサノオが牙を剥いて獰猛な笑いを見せる。

「いや、酒はたくさんあるので少し減らしておこうかなと」

示玖真が頭をかいて猪口をスサノオに渡した。

「ささ、一献《いっこん》」

「人界で飲むのは久しぶりだな」

アマテラスもシートの上に座って猪口を受け取る。

「あれぇ？　先月あたり、下界で飲んどられたやろ？」

クエビコがくすりと笑って言ったが、アマテラスはそっぽを向く。

「人違いじゃないのか？」

「だれがアマテラスさまを間違えると……」

「うまそうな弁当だな」

アマテラスは箸を掴むと海苔《のりま》巻きに手をつけようとしたが、さっと紅玉にお重ごと奪われた。

「こっちはまだ駄目ですよ、子供たちの分です。大人は酒の肴《さかな》をどうぞ」

「ううむ、海苔巻きが好きなんじゃ」

「紅玉、アマテラスさまはそういうところ子供みたいなもんやから、ひとつ差し上げられ」

わいわいとお重を囲んで酒を進めていると、やがて可愛らしい声が聞こえてきた。

「あーっ、アマテラスのおばちゃん！」

「すさのーきんぐ！」

「クエビコのおじちゃーん！」

梓が四人の子供の手を引いてやってきた。

「おお、子供たち」

アマテラスは海苔巻きを手で口の中に押し込んで立ち上がった。

「今日は地上の花見に招いてくれてありがとうな」

梓が手を離すと子供たちはわあっと神様たちのもとへ駆けつけた。

「おべんとー！」

「おいしそー！」

「あ……っ、ここ、もうない……」

「……くろまめ、ない」

子供たちはお弁当の周りに滑り込み、てんでに声を上げる。

「いらしていただいてありがとうございます」

梓は神様たちに頭を下げた。

「みなさまに、子供たちが住んでいる町を見ていただきたかったんです……。本当は高尾の方がずっときれいだとは思うんですが、この公園もいつも遊びに来る場所なので」

「うむ、わかるぞ。子供たちの気が満ちている。この公園が好きなのだろう」

「はい。毎日遊びにきます」

「うむうむ、子供らの楽しい気分がよくわかるぞ」

梓は猪口を渡され、示玖真から酒をついでもらった。一口飲むと春の香りがする。

「人間たちは春が始まりの季節なのだろう？　羽鳥梓、これからも子供たちをよろしく頼むぞ」

「はい……！」

アマテラスと笑い合っている梓を見て、翡翠は紅玉に囁いた。

「羽鳥梓もここ一年でずいぶん成長した。今はもうアマテラスさまにも臆することはなくなったな」

「そうやな。子供を一年育てるというのは考えてみれば大変なことや。とくにあの子らは人の子とは違うから」

「いや……」

翡翠は酒をなめながら笑みを深くする。

「羽鳥梓は神様の子でも人の子でも子供は子供だと言うだろう。あの子たちがどんな子供でも、羽鳥梓は愛してくれた」

「そやな」

二人はコツンと杉の猪口をあわせる。

「子供たちに」

「梓ちゃんに」

春の空に生きとし生けるもの総てに……乾杯！

コスミック文庫α

神様《かみさま》の子守《こもり》はじめました。17

2024年3月1日　初版発行

【著者】　霜月《しもつき》りつ
【発行人】　佐藤広野
【発行】　株式会社コスミック出版
〒154-0002　東京都世田谷区下馬 6-15-4
【お問い合わせ】　一営業部一 TEL 03(5432)7084　FAX 03(5432)7088
一編集部一 TEL 03(5432)7086　FAX 03(5432)7090
【ホームページ】　https://www.cosmicpub.com/
【振替口座】　00110-8-611382
【印刷／製本】　中央精版印刷株式会社

ISBN978-4-7747-6534-1 C0193

コスミック文庫α《アルファ》好評既刊

異世界ごはんで子育て中！
～双子のエルフと絶品ポトフ～

宮本れん

ゲーム中、うっかり屋の神様によって異世界に召喚されてしまったナオ。元の世界に戻れないと知り、危険な森を抜ける途中で孤児となった双子のエルフを拾う。ナオは保護者として彼らを育てるために首都エルデアで老夫婦の宿屋を受け継ぎ『リッテ・ナオ』を営む道を選ぶ。趣味が反映された料理スキルに時空魔法を活かした魔獣肉のポトフが評判を呼び、なんと宿屋は大繁盛！　異世界の人々とふれあいながら、充実した日々を送るナオだったが、ある日双子の父親を名乗る男が現れて——⁉

異世界でエルフの双子をひろってしまい⁉